千只鹤
せんばづる

［日］川端康成 著

佟凡 译

北京理工大学出版社

版权专有 侵权必究

图书在版编目（CIP）数据

千只鹤 /（日）川端康成著；佟凡译. -- 北京：北京理工大学出版社，2022.12
（海棠花未眠：川端康成精品集）
ISBN 978-7-5763-1741-1

Ⅰ.①千… Ⅱ.①川…②佟… Ⅲ.①中篇小说—小说集—日本—现代 Ⅳ.①I313.45

中国版本图书馆CIP数据核字（2022）第182399号

出版发行 / 北京理工大学出版社有限责任公司
社　　址 / 北京市海淀区中关村南大街5号
邮　　编 / 100081
电　　话 / （010）68914775（总编室）
　　　　　（010）82562903（教材售后服务热线）
　　　　　（010）68944723（其他图书服务热线）
网　　址 / http://www.bitpress.com.cn
经　　销 / 全国各地新华书店
印　　刷 / 三河市金元印装有限公司
开　　本 / 880毫米×1230毫米　1/32
印　　张 / 6.25　　　　　　　　　　　　　　责任编辑 / 李慧智
字　　数 / 132千字　　　　　　　　　　　　　文案编辑 / 李慧智
版　　次 / 2022年12月第1版　2022年12月第1次印刷　责任校对 / 刘亚男
定　　价 / 269.00元（全6册）　　　　　　　　责任印制 / 施胜娟

图书出现印装质量问题，请拨打售后服务热线，本社负责调换

目 录
CONTENTS

千只鹤 ·· 001

波千鸟 ·· 117

» 千只鹤

千只鹤

一

　　直到踏进镰仓圆觉寺的大门，菊治都在犹豫要不要参加茶会。他已经迟到了。

　　每当在圆觉寺深处的茶室举办栗本近子会时，菊治都会收到邀请，可是在父亲死后，他一次都没有来过。只是将邀请看作对亡父的情分，置之不理。

　　但是这次的请帖上加了一句话，希望他来见她的一名女弟子。

　　看到请帖时，菊治想起了近子的痣。

　　那是在菊治八九岁左右的时候吧。他被父亲带去了近子家，近子正在茶室中敞开胸脯，用小剪刀剪痣上的毛。痣遮住了左边乳房的一半，一直延伸到心口处，有手掌心大小。那片黑紫色的痣上似乎长着毛，近子正在用剪刀剪下它。

　　"哎呀，少爷也来了呀？"

近子似乎吃了一惊，想合上前襟，可她大概是觉得慌慌张张地遮掩不太合适，于是稍稍调转膝盖，才慢条斯理地将前襟塞进了腰带中。

她并没有因为父亲的到来吃惊，而是因为见到菊治而吃惊。因为是女仆去玄关接待两人的，所以近子应该已经知道菊治的父亲来访了。

父亲没有走进茶室，而是坐在了隔壁。那是一间客厅兼练习室。

父亲看着壁龛里的挂轴，心不在焉地说："给我倒杯茶吧。"

"好。"

虽然嘴上回答着，不过近子并没有马上起身。

菊治还看见近子膝头的报纸上散落着几根毛，就像男人的胡须。

明明是大白天，天花板里还是能听到老鼠的动静。走廊附近有桃花盛开。

近子坐到炉子边上之后，依然带着几分茫然的表情沏着茶。

十天后，菊治听到了母亲和父亲的对话，母亲仿佛在揭示一个惊天的秘密，说近子是因为胸前有一片痣才没有结婚的。母亲以为父亲不知道，她表情痛苦，似乎在同情近子。

"嗯，嗯。"父亲带着几分惊讶附和道，"可是，如果丈夫事先知道的话，就算让他看到了也没关系吧。"

"我也是这么跟她说的。可她毕竟是女人，说不出自己胸口有一片痣这种话。"

"她也不年轻了。"

"还是很难说出口啊。如果是个男人,就算结婚以后才让对方知道,大概也只会一笑而过。"

"她给你看过她的痣吗?"

"怎么可能,你瞎说什么呢。"

"你只是听说的吗?"

"今天她来练习茶道的时候说了很多话……说着说着就想坦白了吧。"

父亲沉默不语。

"就算结了婚,男人又会怎么想呢?"

"会觉得讨厌,心里不舒服吧。不过说不定也会享受那样的秘密,觉得是一种诱惑。说不定她还会因为缺点展现出别的好处,实际上也不是什么大毛病嘛。"

"我也安慰她这不是什么毛病,可她说痣长在乳房上。"

"嗯。"

"最让她痛苦的好像是想到生了孩子之后,要让孩子吃奶。就算丈夫觉得没什么,可是为了孩子嘛……"

"会因为长了痣而没有奶水吗?"

"不是这个问题……她是因为会让吃奶的婴儿看到而感到痛苦。虽然我没想这么多,不过当事人会考虑各种各样的问题吧。婴儿从出生那天就要开始吃奶,从睁开眼睛的第一天开始就能看到母亲乳房上有一片丑陋的痣。来到这个世界上的第一个印象,对母亲的第一印象就是乳房上丑陋的痣——会对那孩子的一生产生深刻的影响吧。"

"嗯。可这也是她想太多才有的烦恼吧。"

"说起来,让婴儿喝牛奶也可以嘛,或者找个乳母。"

"就算长了痣,只要有奶就行了。"

"可是这样不行。我听了她的话,眼泪都出来了,觉得很有道理。我也不想让我们的菊治咬长着痣的乳头啊。"

"是啊。"

菊治对父亲佯作不知的态度感到愤慨。菊治也看过近子的痣,而父亲无视自己的态度也让菊治感到憎恶。

可是在近二十年后的现在,菊治明白了当时父亲的为难之处,不由得浮起一丝苦笑。

可是在菊治十多岁的时候,会经常想起母亲当时那番话,想到会不会有同父异母的弟弟或者妹妹要含着长着痣的乳头吃奶,心中生出不安和恐惧。

他怕的不仅仅是会有兄弟姐妹在外面出生,怕的是那孩子本身。菊治不由自主地生出一种想象,仿佛那孩子嘴里的乳头上长着一片带毛的痣,身上就会有某种恶魔般的可怕之处。

幸运的是,近子似乎没有生下孩子。要是胡乱猜测的话,或许是父亲没让她生下来,说不定让母亲落泪的那番关于痣和孩子的话,也是父亲向近子灌输的说法,就是为了不让她生下孩子。总之,无论在父亲生前还是死后,近子的孩子都没有出现过。

被和父亲一起拜访的菊治看到后不久,近子就来向母亲坦白,应该是想赶在菊治告诉母亲之前说出来吧。

近子一直没有结婚，难道那片痣真的支配了她一辈子吗？

可是菊治同样没有忘记那片痣，很难说那片痣不会在某处与他的命运关联。

近子借茶会的借口让他去见一位小姐时，菊治眼前也浮现出了那片痣，因为是近子介绍的，所以菊治突然想到那位小姐的皮肤会不会像玉一样无瑕，甚至没有体毛。

菊治还曾经幻想过父亲时不时用手指捏住近子胸前的痣，说不定他还咬过那痣呢。

就连现在，走在寺山的鸟鸣中，那幻想依然从他的脑海中掠过。

可是在菊治看到那痣的两三年后，近子变得有些男性化，现在已经完全变成了中性。

在今天的茶会上，她的举止多半也会干脆利落，长着痣的乳房或许已经干瘪了。正在菊治想到这些，松了口气笑出声来的时候，两位小姐从他身后急匆匆地赶来。

菊治停住脚步让开路，试探着问道："请问栗本女士的茶会是在这条路的里面吗？"

"是的。"两位小姐同时回答。

菊治就算不问也知道答案，小姐们身上的和服就说明了她们要去参加茶会，菊治的问题只是为了让自己下定决心去参加茶会而已。

一位小姐手里拿着粉红色绉绸包袱皮，包袱皮上画着白色的千只鹤，那位小姐有一副花容月貌。

二

两位小姐换上布袜准备进入茶室时，菊治也到了。

他站在小姐身后瞧了瞧房间，里面似乎有八叠大小，人们膝盖碰着膝盖坐成一排，都穿着鲜艳的和服。

近子睁开眼睛看到菊治，立刻站起身走了过来，指着靠近壁龛的纸拉门说："来，请这边坐。真是稀客，难得您能过来。请到这边来，没关系的。"

里面的女客们一齐回过头来，菊治红着脸说："都是女士吗？"

"对，也有男士，不过他们都回去了，你是万绿丛中一点红。"

"我不是红。"

"菊治先生有成为红的资格，没关系的。"

菊治挥了下手，表示要绕到对面的入口。

小姐将穿到这里的布袜用千只鹤的包袱皮包好，规规矩矩地站在一旁，让菊治先行通过。

菊治走进旁边的隔间，里面的东西有些凌乱，有点心盒，搬来的茶具箱，还有客人的行李等，女仆在里间的水房里洗茶具。

近子走进房间，跪坐在菊治面前说："怎么样，是个不错的姑娘吧？"

"拿着千只鹤包袱皮的那位吗？"

"包袱皮？我不知道什么包袱皮，就是刚才站在那里的漂亮小姐啊。她是稻村先生的千金。"

菊治含糊地点了点头。

"说什么包袱皮呀，你的关注点可真奇怪，不能大意啊。我以为你们是一起来的，还在惊讶你准备得真充分呢。"

"你在说什么啊？"

"能在来的路上遇到也是有缘。稻村先生也是令尊的旧识。"

"是吗？"

"他们家是在横滨做生丝生意的。我没有把今天的事情告诉那位小姐，你可以好好看看。"

近子的声音不小，所以菊治怀疑一层纸拉门对面的茶席或许能听见。菊治没有说话，近子突然凑上前来压低声音说："不过，有件事比较麻烦。太田夫人来了，带着女儿一起来的。"

然后，她一边端详菊治的脸色一边说："今天我没有邀请她……可是像这样的茶会，路过的人都能进来，刚才还有两组美国人来过。抱歉，太田夫人听到消息过来也是没办法的事。不过，她当然不知道你的事。"

"今天的事，我也……"菊治想说我也不打算相亲，可是没能说出口，喉咙仿佛哽住了一样。

"要不舒服也是夫人那边不舒服，你只要摆出一副平静的表情就行了。"

近子的说法也让菊治感到生气。

栗本近子与父亲的交往似乎不深，时间也很短。直到父亲死前，近子一直以家政妇的身份在菊治家出入。不仅是举办茶会的时候，普通客人来家里的时候,她也会在厨房干活。

因为近子变得男性化了,母亲似乎觉得事到如今,要是嫉妒反而成了荒唐事,让人想要苦笑。后来,母亲一定也发现父亲看过近子的痣了,可当时已经时过境迁,近子带着一副忘记一切的轻松表情站在母亲身后。

菊治也在不知不觉间开始轻松地与近子相处,向她任性耍脾气,小时候那种沉闷的厌恶感渐渐变得淡薄。

也许无论是变得男性化,还是在菊治家做方便的帮工,都是适合近子的生存方式。

靠着菊治家,近子作为茶道师傅取得了一份小小的成功。

父亲死后,菊治想到近子只是因为和父亲有过一段无疾而终的交往,就压制了自己身上的女人味,心中甚至涌起一丝淡淡的同情。

母亲之所以对近子没有太强的敌意,也是因为受到太田夫人的问题的牵制。

太田是父亲的茶友,在他死后,菊治的父亲接下了处理他的茶具的工作,由此接近了太田的遗孀。

最早将这件事报告给母亲的是近子。

近子当然是为母亲工作的,甚至做得太过了。近子尾随父亲,一次次去太田遗孀的家里警告对方,似乎在发泄她自己内心深处的嫉妒之情。

母亲性格内向,因为近子频频多管闲事,反而担心声誉,选择了忍气吞声。

哪怕当着菊治的面，近子也会对母亲咒骂太田夫人。

"上次我去的时候劈头盖脸地骂了她一顿，好像被孩子听到了。旁边的房子里突然传来了抽泣声。"

"是女孩吗？"母亲眉头紧锁。

"是的，听说有十二岁了。太田夫人有些缺心眼儿啊。我以为她会出言斥责，结果她特意起身抱来了孩子，把孩子紧紧抱着放在自己膝头，然后在我面前坐下了。意思是要和孩子一起哭给我看吧。"

"孩子不是很可怜吗？"

"所以她是把孩子也当成刑具用在我身上了嘛，因为母亲的事情孩子都一清二楚，明明是个脸圆圆的可爱孩子。"近子一边说，一边看着菊治，"我们家的菊治也是，要是能跟父亲说些什么就好了。"

"你可别乱出主意。"母亲果然告诫了她。

"夫人是把苦都自己吞了，这可不行，要一吐为快才好。您这么瘦了，那位太太却是容光焕发，一副富态的样子。她可能是缺心眼儿，觉得只要温顺听话地哭一场就好了吧……首先，老爷去她家的时候，客厅就光明正大地挂着她已故丈夫的照片。老爷也真是的，能沉得住气什么都不说。"

被近子一通数落的夫人在菊治的父亲死后，甚至带着女儿来参加近子的茶会。

菊治仿佛被泼了一盆冷水。

就当近子说得没错，她今天并没有邀请太田夫人吧，菊治还是完全没想到近子和太田夫人在父亲死后还有来往。说不定太田夫人的女儿还在向近子学习茶道。

"你要是不高兴,我就让太田夫人先回去吧?"近子看着菊治的眼睛问道。

"我没关系,要是对方打算回去的话,就请便。"

"她要是那么机灵的话,你父母也不至于那么辛苦了。"

"可是她家的小姐不是也在吗?"

菊治没有见过那位遗孀的女儿。

菊治觉得与太田夫人同席时,自己去见那位拿着千只鹤包袱皮的小姐不太好。而且这是他第一次见到太田家的小姐,这让他更加不舒服。

可是近子的声音萦绕在菊治耳边,撩拨着他的神经,于是他起身说:"总之,她们已经知道我来了吧,也躲不掉藏不了的。"

菊治从壁龛附近走进茶室,坐在了进门处的上座。

近子追在他身后,郑重其事地介绍菊治:"这位是三谷少爷,三谷先生的公子。"

近子说完后,菊治重新打了个招呼,抬起头来,清楚地看见了小姐们。

菊治似乎有些紧张,和服鲜艳的色彩让他眼花缭乱,一开始并没有分清每一个人。

等到他弄清了情况,才注意到太田夫人就坐在自己的正对面。

"哎呀!"夫人说,所有人都听到了她直率而亲切的声音。夫人继续说道:"疏于问候,好久没见你了。"

然后她轻轻拽了拽身边女儿的袖口，似乎是在催她赶紧打招呼。小姐带着为难的表情，红着脸鞠了一躬。

菊治确实很意外。夫人的态度中完全没有一丝敌意和恶意，而是格外亲切，与菊治意料之外的相遇似乎让她很开心。在全场的客人中，夫人看起来完全忘记了自己的立场。

小姐始终低着头。

夫人发现后，脸上也泛起红晕，看着菊治的眼神仿佛是想要来到他身边说些什么。

"您还在钻研茶道吧？"

"不，我从来不碰。"

"是吗，可是您继承了您父母的血统啊。"夫人眼眶湿润了，心中似乎思绪万千。

自从父亲的葬礼之后，菊治再也没见过太田的遗孀。

这四年来，她几乎完全没有变化。

白皙修长的脖颈和并不相称的圆润肩膀同样如故，身材看起来比实际年龄年轻。和一双大眼睛相比，鼻子和嘴巴显得很小巧。仔细看去，小巧的鼻子长得精致讨喜。说话时下嘴唇微微突出。

小姐继承了母亲修长的脖颈和圆润的肩膀，嘴比母亲大些，紧紧闭着。母亲的嘴比女儿小，这事总让人觉得有些奇怪。

小姐的黑眼珠比母亲大，带着悲伤的神色。

近子看了一眼炉子里的炭说："稻村小姐，给三谷先生沏一杯茶如何？你还没有点茶吧。"

"好。"拿千只鹤包袱皮的小姐起身走来。

菊治知道,这位小姐就坐在太田夫人旁边。

可是菊治看到太田夫人和太田小姐之后,就避免将目光投向稻村小姐。

近子让稻村小姐点茶,大概是想展示给菊治看吧。

小姐在小锅前转身看着近子说:"茶杯用哪个?"

近子说:"嗯,织部的就挺好的。那是三谷先生的父亲喜欢用的茶杯,正是他送给我的。"

菊治也还记得摆在小姐面前的茶杯,的确是父亲用过的,却是太田的遗孀让给他的。

亡夫的遗物从菊治父亲的手中到了近子的手里,然后出现在这里,太田夫人是带着什么样的心情在看着呢?

菊治为近子的迟钝感到震惊。

说到迟钝,太田夫人同样有格外迟钝的地方。

在为中年女子的过去感到烦躁之前,菊治实在地感受到点茶小姐的清纯美丽。

千只鹤包袱皮小姐自己恐怕不知道,近子让她点茶是为了将自己展示给菊治看。

她毫不怯场，点好茶后亲自端到菊治面前。

菊治喝完茶，开始端详茶杯。这是一只黑色织部茶杯，上白釉的部分还用黑色描绘着嫩蕨叶。

"您还记得这只茶杯吧？"近子在对面开口问道。

"算是吧。"菊治含糊地回答，放下了茶杯。

"杯子上的蕨菜嫩芽充分散发出山野的风情，正适合早春时节使用，令尊也曾经用过。现在拿出来有些晚了，不过给菊治少爷用正好。"

"不，家父曾经用过一段时间，对这只茶杯来说并不重要。毕竟这是利休的传世茶杯，从桃山时代一直传到现在。几百年里有不少茶人珍重地传承着，家父算不了什么。"菊治说，想要忘记这只茶杯上纠缠的因缘。

这只茶杯从太田传给太田的遗孀，又从太田的遗孀传给菊治的父亲，父亲又传给儿子，如今太田和菊治的父亲这两个男人去世，还剩两个女人留在这里。只说这些，就能看出这是一只命运诡谲的茶杯了。

在这场茶会上，这只古老的茶杯又被太田的遗孀和女儿、近子、稻村的女儿和其他小姐们用双手抚摸，用嘴唇碰触。

"我也想用那只茶杯喝一杯茶，刚才用的是其他的茶杯。"太田夫人冷不防开了口。

菊治又吃了一惊，不知该说她过分天真，还是不知羞耻。

太田小姐始终低着头，菊治觉得她可怜，没办法直视她。

稻村小姐又为太田夫人点茶。在座各位的目光都集中在她身上，不过这位小姐恐怕不知道这只黑织部茶杯上纠缠的因缘，只是严格遵循学过的步骤点茶。

她点茶的动作很自然，无可挑剔。从胸口到膝盖的姿势都很端正，看起来十分优雅。

嫩叶的影子打在小姐背后的纸拉门上，仿佛在鲜艳的长袖和服肩膀和袖口上反射出柔和的光。她的头发也富有光泽。

这间房子作为茶室自然过于明亮，不过倒是让小姐年轻的光彩显得越发灿烂。青春亮丽的红色绸巾并不显得甜腻，反倒显得娇嫩水灵，似乎在小姐的手中开出了一朵鲜红的花朵。

小姐周围仿佛有雪白的小小千只鹤在飞舞。

太田的遗孀将织部茶杯放在手心里说："这只黑色茶杯里的绿茶，就像春天的绿色在萌芽呢。"她果然说不出这只茶杯曾经是她亡夫的东西。

之后就是惯例的茶具鉴赏。小姐们不熟悉茶具，所以基本上只是听近子介绍。水壶和茶勺以前都是菊治父亲的藏品，不过近子和菊治都没有说。

菊治坐着看小姐们起身准备离开，太田夫人来到他身边说："刚才失礼了。我想您可能会生气，可是一见到您，我首先感到的是亲切。"

"啊。"

"您长成出色的大人了啊。"夫人的眼中似乎浮现出泪光，"对了，令堂也……我本来想着一定要去令堂的葬礼，结果没能参加。"

菊治表情不悦。

"先是令尊，接着又是令堂……您一定很寂寞吧？"

"啊。"

"您还不回去吗？"

"嗯，我再留一会儿。"

"要是有机会，我想好好和您说说话。"

近子在隔壁叫了一声："菊治少爷。"

太田夫人恋恋不舍地站起身来，小姐已经在院子里等着了。她和母亲一起向菊治鞠躬后离开了，眼神似乎想要倾诉些什么。

近子在隔壁房间和两三名亲近的弟子和女仆收拾整理。

"太田夫人说了什么吗？"

"没……什么都没说。"

"你要小心那个人。她看着温顺老实，总是露出一副无辜的表情，不知道心里在琢磨些什么。"

"可是，她经常来参加你的茶会吧？从什么时候开始的？"菊治带着几分讽刺的意味问。

他向外走去，仿佛要躲开房间里的恶意。

近子跟上来说："怎么样，那姑娘不错吧？"

"是个好姑娘，可是如果能在没有你、太田和父亲的亡灵笼罩的地方遇见她就更好了。"

"你还在意这些事情？这和太田夫人和小姐完全没有关系嘛。"

"我只是觉得对不起那位小姐。"

"为什么对不起她?要是太田夫人来参加茶会让你不高兴了,我向你道歉,可我今天没有邀请她。你不要把她的事和稻村小姐的事混为一谈。"

"可是,我今天就先告辞了。"菊治停下了脚步。要是一边说话一边走,近子似乎没有离开的意思。

只剩菊治一人后,他发现眼前的山脚下,杜鹃花已经含苞待放,他不由得做了一个深呼吸。

他讨厌被近子一封信邀到这里的自己,不过对拿千只鹤包袱皮的小姐印象深刻。

在茶会上看到父亲的两个情人都没有给他留下太多郁闷的情绪,或许是多亏了那位小姐。

可是想到那两个女人现在还活着讨论父亲,而母亲已经去世,菊治心中又会涌起一股愤恨之情,眼前浮现出近子胸口那丑陋的痣。

晚风吹过嫩叶,拂在菊治身上,他摘下帽子缓步而行。

隔得老远,他就看到太田夫人站在山门的阴影中。

菊治当即打算避开,他环顾四周,爬上两侧的小山就能绕过山门。

然而菊治还是朝山门的方向走去,表情有些僵硬。

夫人见到菊治,反而走上前来,脸上带着红晕。

"我想再见您一面,于是在这里等您了。您可能觉得我这个女人脸皮厚,可我实在没办法就这样离开……要是就此别过,还不知道以后能不能再见到您。"

"小姐呢？"

"文子先回去了，和朋友一起。"

"那小姐知道您在等我吗？"菊治说。

"知道。"夫人回答，看着菊治的表情。

"看来小姐是讨厌我了。刚才的茶会上也是，小姐似乎不想见我，很抱歉。"

菊治的话听起来又露骨又委婉，夫人倒是直率地说："您见到她一定很难受吧。"

"我父亲多半让小姐吃了不少苦。"

菊治想说的是因为太田夫人，自己吃了不少苦。

"不是这样的，令尊很疼文子。这些事情我也希望有机会能好好说给您听，不过一开始，就算令尊对她很温柔，她还是不太愿意和令尊亲近。不过战争快要结束时，空袭变得激烈，可能是感悟到什么了吧，那孩子的态度彻底改变了，也会尽自己可能地对令尊好。虽说是尽自己可能，可她毕竟是个姑娘，能做的不过是为令尊做鸡做鱼，出门买些东西罢了。不过她很努力，也遇到过相当危险的事情。比如在空袭时从很远的地方运米回来……她突然对令尊那么好，令尊也很惊讶。我看着女儿的改变，也觉得有些伤感，心里难受，仿佛自己受到了指责。"

菊治第一次意识到，母亲和自己或许也接受过太田小姐的恩惠。当时，父亲有时会带回意想不到的特产，说不定就是太田小姐买回来的。

"我不太清楚女儿为什么突然改变,可能她每天都觉得不知道自己什么时候就会死,我在她死后一定很可怜吧。于是她很努力,对令尊也尽心尽力。"

也许小姐在战败的日子里清楚地看到,母亲在拼命抓住与菊治父亲之间的爱吧。因为每天的现实都很残酷,所以她告别了有亡父存在的自己的过去,看到了母亲的现实。

"你刚才注意到文子的戒指了吗?"

"没有。"

"那是令尊给她的。哪怕来到我那儿,警报一响他就要回家去。于是文子就要送他回去,怎么劝都不听,说担心他一个人在路上不知道会出什么事。有一次文子送令尊回家后没有回来,要是她在你家住下了倒还好,可我会担心两人死在路上。第二天早晨,文子回来了,说她把令尊送到门口,回来的路上钻进一个防空洞过了一夜。令尊再来的时候就送了文子一枚戒指,跟她说上次多谢她了。让你看到那枚戒指,对那孩子来说可能也挺不好意思的。"

菊治听着听着,不由得生出一股厌恶之情。太田夫人觉得菊治理所当然地会表示同情,也是件奇怪的事。

可是他对夫人没有生出明显的憎恶和戒备。夫人身上有一种气质,会让他感到温暖,从而放松警惕。

说不定小姐之所以拼命也是因为看到母亲会感到不忍吧。

在菊治听来,夫人嘴上说着小姐的事,其实是在倾诉自己的爱情。

夫人心中恐怕有太多想要倾诉的话语，坦白地说，她在选择倾诉对象时似乎分不清菊治的父亲和菊治了。她和菊治说话时格外亲切，仿佛将他当成了他的父亲。

此前，菊治和母亲一起对太田遗孀保持的敌意就算没有彻底消失，也早已泄了气。一不小心甚至会觉得被这个女人深爱着的父亲就在自己心里，会被引起错觉——自己很久以前就和这个女人关系亲密。

菊治知道父亲很快就和近子断了关系，却到死都爱着这个女人，可他依然觉得近子一定看不起太田夫人。菊治心中也萌生了几分残忍，甚至感受到一股诱惑，想坦然地伤害夫人。

"您经常参加栗本的茶会吧，您以前不是总被她欺负吗？"菊治说。

"啊，因为令尊去世后，我收到了她的信，信上说她很怀念令尊，心里觉得寂寞。"夫人低下了头。

"小姐也和您一起参加吗？"

"文子估计是不情不愿地跟着我来的吧。"

两人穿过铁道，走过北镰仓站，朝着与圆觉寺方向相反的山走去。

四

太田的遗孀应该至少有四十五岁,比菊治大将近二十岁,可是却会让菊治忘记她比自己大。觉得自己怀中抱着一个比自己小的女人。

菊治当然同样享受着夫人的经验带来的愉悦,他这个单身汉完全感受不到经验浅薄的胆怯。

菊治仿佛是第一次懂得女人,又觉得自己懂得了男人。他为自己身为男性的觉醒感到惊讶。他从来不曾知晓,女人是如此柔美的被动者,召之即来,又展现出诱惑,女人身上温柔的香味简直令人泫然欲泣。

菊治单身,在鱼水之欢后很多时候会感到莫名的不快,可最该感到不快的现在,他心中却只有甜蜜和平静。

这种时候,菊治总会想要冷淡地离开,茫然地让一具温暖的身体靠在自己身边,这还是第一次。他不知道女人汹涌的情感来得如此迟。他在这股浪潮中休憩,感到心满意足,就像征服者一边打盹一边让奴隶洗脚一般满足。

他还感受到了母爱。菊治缩了缩脖子说:"你知道吗?栗本的胸口有一大片痣。"

他自己也明白突然说出了讨人厌的话,可或许是因为放松吧,他并没有觉得对不起近子。

菊治伸出手说:"就在乳房上,在这里,像这样……"

某种情绪让菊治说出了这番话。那股情绪让他心里痒痒的,想要违抗自己，伤害对方。也许其中暗藏着甜蜜的害羞，想要看看那个地方。

"讨厌，真吓人。"夫人轻轻合上了衣襟，突然又像无法理解一样慢悠悠地说，"我第一次听说这种事，不过那痣在衣服下面，看不见的吧。"

"怎会看不见。"

"哎呀，为什么？"

"你看，在这种时候不就看见了嘛。"

"哎呀，你真讨厌。你是想来找找我身上是不是也有痣吧？"

"不是，不过如果你有的话，在这种情况下会是什么心情呢？"

"在这里吗？"夫人也看着自己的胸脯，"为什么要说这种话呢？这是无所谓的事情吧。"

夫人不咸不淡地说。菊治释放的恶意对夫人似乎从来不起效果。于是那份恶意仿佛反噬到了菊治自己身上。

"不是无所谓吧。那痣我只在八九岁时看过一次，直到现在还会在眼前浮现呢。"

"为什么？"

"你也因为那痣遭过罪吧？栗本曾经打着母亲和我的旗号，去你家里抱怨过吧？"

夫人点了点头，悄悄缩了缩身子。菊治紧了紧胳膊说："当时我觉得，她一定是因为始终在意自己胸口的痣，才变本加厉地刁难你。"

"哎呀,你这话真吓人。"

"也许她多少怀着向父亲报复的心情吧。"

"为什么要报复?"

"因为那痣,她始终在贬低自己,心中存着偏见,觉得自己是因为那痣被抛弃的。"

"别再说那痣了,只会让人不舒服。"

可是夫人似乎不打算在心中描摹那痣。

"现在,栗本也能不再纠结那痣了吧,已经是过去的烦恼了。"

"烦恼过去了,就不会留下痕迹了吗?"

"有时候过去了反而会怀念。"夫人说,依然带着几分不切实际。

菊治就连绝对不想说的事情都说了出来。

"刚才在茶会上,坐在你旁边的那位小姐是……"

"嗯,她是雪子小姐,稻村先生的千金。"

"栗本请我参加茶会,就是想让我看看那位小姐。"

"哎呀。"夫人睁大眼睛,目不转睛地盯着菊治,"是相亲吗?我完全没有发现。"

"不是相亲。"

"原来是这样吗?这是你相亲回来的路上。"泪水从夫人的眼睛流到了枕头上,她的肩膀在颤抖,"这样不对,不对。你怎么不告诉我呢?"

夫人低下头哭泣。

这情况很出乎菊治的意料。

"不管是不是相亲回来,不对的事情都是不对的吧。两件事没有关系。"菊治说,这是他真实的想法。

可是,菊治面前也浮现出稻村小姐点茶的身影,浮现出那张绣着千只鹤的粉色包袱皮。

于是,正在哭泣的夫人的身体让他感到丑陋。

"啊,是我不对,我是多么罪孽深重的女人啊。"夫人圆润的肩膀在颤抖。

对菊治来说,如果感到后悔,一定也会觉得对方丑恶,就算不提相亲的事,她毕竟是父亲的女人。

可是直到现在,只要菊治不后悔,就不会觉得对方丑陋。

菊治完全不明白和夫人之间为什么会变成这样,而且如此自然。夫人刚才那番话似乎只是在后悔自己引诱了菊治,可是恐怕夫人并没有想要引诱,菊治也不觉得自己受到了引诱。而且菊治完全没有产生任何抗拒情绪,夫人也没有表现出任何反抗。

两人走上与圆觉寺方向相反的小山坡,进到一家旅馆吃了晚饭,因为菊治父亲的事情还没有说完。菊治没理由非听不可,老老实实地听夫人说起父亲其实挺奇怪的,可夫人似乎完全没有考虑这些,只是恋恋不舍地倾诉着。菊治一边听,一边感受到一股平静的善意,仿佛被包裹在柔软的爱情中。

菊治感受到父亲是幸福的。

要说这事有错,或许确实有错吧。他失去了甩开夫人的时机,放任自己陷入内心的甜蜜中。

然而或许是由于内心深处藏着阴影，菊治说出了近子和稻村小姐的事，仿佛在释放恶意。

这番话的效果好得过分。如果后悔就是丑陋的，感到自己还想对着夫人说出更残酷的话，菊治心中涌起一股自我厌恶。

"忘了这件事吧，不重要。"夫人说，"这种事不算什么的。"

"你只是想我父亲了吧？"

"啊。"夫人惊讶地抬起头。因为伏在枕头上哭泣，她的眼圈发红，眼睛似乎也有些肿。菊治在她大睁的眼睛里看到了女人残留的倦意。

"虽然被你这么说我也没办法，可我确实是个悲哀的女人吧。"

"你说谎。"菊治粗鲁地扯开她胸前的衣服说，"如果有痣是不会忘记的，会印象深刻……"菊治对自己的话感到震惊。

"不要离得这么近，我已经不年轻了。"

菊治笑着靠近她。

刚才，夫人身上那股感情的潮水又回来了。

菊治安心地睡着了。

半梦半醒间，他听到了小鸟的鸣啭，这是菊治第一次在鸟鸣中醒来。

晨雾沾湿了苍翠的树丛，菊治的头脑仿佛被清洗一新，毫无杂念。

夫人睡着时背对着菊治，不知道什么时候翻了个身。菊治觉得有些好笑，用一条胳膊撑着身子，在朦胧的曙光中凝视着夫人的面庞。

五

茶会过去半个月之后，太田小姐前来拜访菊治。

菊治将她领进接待室后，为了平复心绪，亲自端来茶具，将西式点心摆在盘子里，他无法判断小姐是独自前来的，还是说夫人因为不方便进菊治家，而在门口等待。

菊治打开接待室的门，小姐从椅子上站起身来。菊治见她低着头，紧闭着突起的下嘴唇。

"久等了。"

菊治从小姐身后走过，打开朝向庭院的玻璃窗。

他从小姐身后走过时，隐约闻到了花瓶里白牡丹的香味。小姐圆润的肩膀微微前倾。

"请坐。"菊治说着，自己先坐在了凳子上，心情不可思议地平静下来。因为他从小姐身上看到了她母亲的影子。

"突然上门拜访，失礼了。"小姐低着头说。

"不会，你知道我家啊？"

"嗯。"

菊治想起来了。他在圆觉寺听夫人说过，空袭时，这位小姐曾经将父亲送到家门口。

他想提起这件事，最后还是放弃了，不过他还是看着小姐。

这样一来，太田夫人那时的温暖像热水一样重新涌上心头。菊治想起夫人会温柔地原谅一切，那份温柔让菊治安心。

"我……"小姐顿住，抬起了头，"请您原谅我母亲。"

菊治屏住呼吸。

"我希望您能原谅我母亲。"

"嗯？你说原谅？"菊治反问，或许夫人将自己的事也向小姐坦白了吧，"该请求原谅的是我才对。"

"令尊的事，我也希望您能原谅我母亲。"

"我父亲的事，应该是父亲要请你们原谅才是。我母亲已经过世，就算要原谅，又该由谁来原谅呢？"

"我觉得令尊那么早就离开人世，也是我母亲的错，而且令堂也……这话我也跟母亲说过。"

"是你想多了，令堂很可怜。"

"要是我母亲先走就好了。"小姐看上去甚至因为羞耻而无地自容。

菊治意识到小姐说的是她母亲和自己的事。那件事将小姐伤得有多深呢？

"请您原谅我母亲。"小姐的语气仿佛是在苦苦哀求。

"谈不上原不原谅，我很感谢你母亲。"菊治坚决地说。

"是我母亲不好。她是个不像样的人，我希望您不要理她，不要再管她了。"小姐的语速很快,声音在颤抖,"求你了。"

菊治明白小姐口中所说的原谅,其中也包含着不要再管她母亲的意思。

"也请你不要再给她打电话了……"小姐说着说着,脸都红了。仿佛是为了战胜这份羞耻,她故意抬起头看着菊治,眼中蓄满泪水。她睁大双眼,眼珠乌溜溜的,眼睛里没有一丝恶意,只是在拼命哀求。

"我明白了,对不起。"菊治说。

"拜托了。"小姐越发害羞,连白皙修长的脖子都被染红了。她身上的洋装领子上有白色装饰,大概是为了突出修长美丽的脖子。

"您打电话约我母亲见面,是我拦着她没让她去。她无论如何都要出门,是我抱着她不放。"小姐稍稍平静了些,放缓了声音。

菊治给太田的遗孀打电话约她出来,是发生在三天前的事。夫人明明听起来很开心,却没有出现在两人约好的咖啡店里。

菊治只打过那一次电话,之后再也没有见过夫人。

"虽然后来我觉得母亲很可怜,不过当时只觉得丢人,拼命拦住了她。然后她让我去回绝您,我都走到电话旁边了,却开不了口。母亲一直盯着电话掉眼泪,她觉得三谷少爷就在电话旁边吧。我母亲就是那样的人。"

两人沉默良久后,菊治开口说:"那次茶会后,令堂等我的时候你为什么先回去了?"

"因为我希望三谷少爷能知道,我母亲不是那么坏的人。"

"她太不坏了。"

小姐低下头,能看到她身材姣好、小巧玲珑的鼻子和下唇微微突出的嘴,温柔的圆脸和她母亲很像。

"我以前就知道令堂有一位千金,曾经幻想过和这位小姐谈谈我父亲的事。"

小姐点了点头:"我也想过这样的事情。"

菊治想到,要是没有和太田的遗孀发生关系,能够和这位小姐毫无芥蒂地聊聊父亲的事该多好。

可是他之所以能够打从心底原谅太田的遗孀,原谅父亲和她的事,正是因为菊治和太田的遗孀之间发生了关系。这不是很奇怪吗?

小姐匆匆忙忙地站起身来,似乎发觉自己逗留太久了。

菊治送她出门。

"要是还有机会和你说说我父亲的事,还有令堂美好的人品就好了。"

菊治本以为这是他任性的想法,不过对方似乎有同样的感受。

"嗯,不过您就快结婚了吧。"

"我吗?"

"嗯,是我母亲说的,您和稻村雪子小姐相过亲?"

"不是这样的。"

出了大门就是一条坡道。坡道中间稍稍转了个弯,从那里回头,只能看到菊治家庭院里的树梢。

听了小姐的话,菊治突然回忆起那位千只鹤小姐的身影,就在这时，文子停下脚步与他告别。

菊治爬上坡道，朝着和小姐相反的方向走去。

林中的夕阳

一

菊治在公司时，近子打来电话。

"您今天下班后直接回家吗？"

菊治是要回家的，不过他还是带着不悦的表情说了句："是啊。"

"为了令尊，今天您要回来啊。往年令尊都会在今天举办茶会吧。一想到这件事，我就坐不住了。"

菊治没有说话。

"茶室嘛，喂，我打扫茶室的时候，突然想做做饭了。"

"你在哪里？"

"贵府，我在贵府。抱歉，我不请自来了。"

菊治吃了一惊。

"我一想到这事就坐不住了，然后觉得要是能打扫打扫茶室，说不定能静下心来。要是先给您打个电话就好了，可是您一定不会答应吧。"

父亲死后,茶室就成了没用的地方。

不过母亲还在的时候,时不时会进去一个人坐坐。可是母亲不会生火,而会拎着一壶热水进去。菊治不愿意看到母亲去茶室,他很在意母亲独自一人在茶室的时候会想些什么。

虽然菊治想过偷偷看看母亲独自一人在茶室时的样子,却没有采取过行动。

不过在父亲生前,打理茶室的人是近子,母亲很少到茶室去。

母亲死后,茶室始终关着门,只有父亲在世时就在家里服侍的老女仆每年开上几次门通风。

"从什么时候开始就不再打扫了啊?我把榻榻米擦了好几遍,还是有一股发霉的味道,真没辙。"近子厚着脸皮说,"一动手打扫,我就想做饭。虽然是临时起意,材料都没备齐,不过还是稍微拾掇了一下,就想让您下班后直接回家。"

"唉,真没办法。"

"菊治少爷一个人太寂寞,叫上三四个公司里的朋友怎么样?"

"不行,公司里平时没人喝茶。"

"没有懂茶的人才好呢,我只是随便准备准备,就当来吃顿便饭吧。"

"不行。"菊治终于说出了口。

"这样啊,真让人失望,这可怎么办呢?嗯,随便谁都好,令尊的茶友……恐怕也没办法叫过来吧。那就请稻村家的小姐过来怎么样？"

"开什么玩笑,不要叫她。"

"为什么?不是挺好的吗?那件事对方挺积极的,您再好好看看小姐,好好聊聊天,不是挺好的嘛。今天邀请一次试试,要是小姐能来,就说明她同意了。"

"我不喜欢这种事。"菊治感到喘不上气来,"你别请她,我不回去了。"

"哎呀,这种事情电话里说不清,以后再说吧。总之就是这么回事,您早点儿回来啊。"

"这么回事是怎么回事啊,我可不管。"

"好,是我多管闲事。"尽管近子嘴上说着,可她那股招人烦的强势气场依然通过电话传来。

菊治想起那片盖住近子半边乳房的大痣。

于是,菊治感到近子用笤帚打扫茶室的声音仿佛成了打扫自己脑海的声音,用来擦拭走廊的抹布似乎拂过了自己的大脑。

在感到厌恶之前,菊治觉得近子擅自走进自己无人的家,甚至做起了饭,实在是一件奇怪的事。

若是她为了祭拜父亲,将茶室打扫干净,插上花之后就回去的话还能原谅。

可是在菊治涌起的怒火和厌恶中,稻村小姐的身影就像一道光一样闪过。

尽管在父亲死后,菊治自然而然地疏远了近子,可近子是不是想用稻村小姐做饵，重新和菊治扯上关系，纠缠不放呢？

近子的电话和往常一样表现出她可笑的性格，语气也会让人苦笑着放松警惕，可同样带着强加于人的态度。

菊治觉得之所以感到压迫，是因为自己有弱点。因为他不愿意露怯，才没办法对近子任意妄为的电话发火。

近子是不是因为抓住了菊治的弱点，才得寸进尺的呢？

离开公司后，菊治来到银座一家狭小的酒馆。

正如近子所说，他不能不回家，可是他背负着自己的弱点，越发感到沉重。

从圆觉寺茶会回家的路上，菊治和太田的遗孀在北镰仓的旅馆里住了一晚，那是一次意外，近子不应该知道，可是那天之后她见没见过太田的遗孀呢？

菊治怀疑近子在电话里咄咄逼人的态度不只是因为她脸皮厚。

不过或许她只是想按照自己的方式，促成菊治和稻村小姐的姻缘。

在酒吧里，菊治依然静不下心来，于是他坐上了回程的电车。

在国营铁路电车经过有乐町前往东京站的路上，菊治透过电车的窗户俯视两边种着高大行道树的大路。

这条东西向的大路和国营铁路几乎呈直角，正好反射出夕阳的余晖，像金属板一样耀眼。可是菊治看到的是行道树的背阴方向，所以绿色显得深沉暗淡，树荫处很凉爽。枝叶向四面八方伸展，道路两边是一排排洋楼。

这条大路意外地人烟稀少，能一眼望到尽头与皇居护城河的交界处。光芒灿烂的车道也是一片寂静。

从拥挤的电车里向下看，仿佛只有这条大路浮现在傍晚这个奇妙的时间里，散发出几分异国情调。

菊治仿佛在行道树的树荫里看到了稻村小姐，她正抱着粉色绉绸包袱皮漫步，包袱皮上绣着白色千只鹤，他能清楚地看到它。

菊治觉得很新奇。一想到小姐现在就要到他家里去，心中感到一阵悸动。

尽管如此，近子在电话里让菊治带朋友回来，见菊治不肯，又提出要叫稻村小姐，她究竟是怎么打算的呢？是不是从一开始就打算叫小姐过来？菊治实在想不明白。

到家后，近子匆匆来到门口，问："您一个人？"

菊治点了点头。

"一个人更好，快进来吧。"近子走上前来要接过菊治的帽子和包，"您路上去了别处吧？"

菊治心想，也许自己脸上还留着几分酒气。

"您到哪儿去了？我后来又给公司去了电话，公司的人说您已经走了，我算过您到家的时间。"

"真让人惊讶。"

近子擅自来到家里，擅自做事，还不打招呼。

她跟着菊治来到起居室，似乎要为他穿上女仆拿出来的和服。

"好了，失礼了，我要换衣服了。"菊治脱下上衣，走进藏衣室,似乎是要甩掉近子。

他在藏衣室换好衣服走出来。近子坐着对他说:"我很佩服单身的人。"

"嗯。"

"这种不方便的生活啊,差不多就结束了吧。"

"看老爸的前车之鉴,我要吸取教训。"

近子看了菊治一眼。

她穿着从女仆那里借来的围裙,衣服原本属于菊治的母亲。她把袖子挽了起来。

从手腕向上白皙得不协调,她的胳膊很厚实,手肘内侧勒出了青筋。菊治突然感到意外,不过她的肌肉很僵硬。

"果然还是茶室好啊,我刚才让小姐去客厅了。"近子有些严肃地说,"哎呀,茶室装上电灯了啊。我没见过在开着灯的茶室喝茶的样子呢。"

"要不然点上蜡烛,反而更有意思。"

"不好。"近子像是突然想到了什么,"对了,我刚才给稻村小姐打电话,小姐问是不是要和母亲一起来,我说要是她们两个人能一起来就更好了,不过她母亲好像不方便,只能定了小姐一个人过来。"

"什么叫定了,是你擅自决定的吧。突然跟人家说马上过来,我觉得这很没礼貌。"

"我知道,不过小姐已经在那里了。既然她愿意来,我们的无礼不就自然而然地消失了吗?"

"为什么?"

"就是这样嘛。既然小姐今天愿意来,就说明她对上次的相亲有意思。就算程序稍稍有些异常也不打紧。要是事成后,你们两位能笑着说,栗本是个行为古怪的女人就好。按照我的经验,能成的因缘无论如何都会有结果。"

近子高高在上地说,语气仿佛是看透了菊治的内心。

"你跟对方说了?"

"对,说过了。"近子仿佛在说,你要果断点儿。

菊治起身穿过走廊向客厅走去,到了一棵大石榴树旁,他努力整理好表情,不能让稻村小姐看见自己闷闷不乐的脸。

他看向石榴树昏暗的背阴处,脑海中又浮现出近子的痣。菊治摇了摇头,几缕残阳洒在客厅前的庭石上。

纸拉门打开,小姐坐在角落里。

宽敞的客厅深处有些昏暗,小姐的光仿佛照亮了那里。

壁龛的水盆里插着菖蒲。

小姐的腰带上也画着水菖蒲。或许是偶然,不过这是随处可见的应季图案,说不定并非偶然。

壁龛上的花并非水菖蒲,而是菖蒲,所以叶子和花都插得很高。从花的感觉可以看出是近子刚刚插好的。

二

第二天是周日，下雨。

午后，菊治独自走进茶室，整理昨天用过的茶具。

同样是追随稻村小姐的残香而来。

他让女仆拿来一把伞，打算从客厅走到院子里的踏脚石上，屋顶的导水管上有破洞，雨水在石榴树前哗哗淌下来。

"必须把那里修好才行。"菊治对女仆说。

"是啊。"

菊治想起自己很久以前就注意到水流的声音，雨夜里就连躺在床上都能听到。

"可要是修的话，就没完没了了。还是在房子没有变得太破之前卖掉比较好。"

"最近，住着大房子的人都在说这种话。昨天，小姐还惊讶地说这房子真大，小姐是打算住进这栋房子里吧？"

女仆似乎想要告诉他不要卖掉房子。

"栗本师傅是不是说了类似的话？"

"是。小姐来了之后，她就带着小姐参观了房间各处。"

"嗯，真拿她没办法。"

昨天，小姐并没有告诉菊治此事。

菊治以为小姐只从客厅去了茶室，今天不知为何，他自己也想从客厅前往茶室。

菊治昨天晚上失眠了。

他感觉茶室里弥漫着小姐的体香，半夜三更想起床去茶室看看。他把稻村小姐当作"永远存在于远方的人"，想要顺利入睡。

近子带着小姐逛遍了整栋房子，这让菊治非常意外。

他让女仆拿来炭火，沿着踏脚石走向茶室。

昨天晚上，近子回北镰仓去了，稻村小姐和她一起离开，收拾整理的活计交给了女仆。

菊治只需要把摆在茶室一角的茶具整理好就行了，不过他不知道这些茶具原本放在哪里。

"栗本比我更清楚吧。"菊治嘟囔着，望向壁龛里的歌仙画。那是法桥宗达的一幅小作，薄墨勾勒出线条，用淡彩上色。

"这是哪位歌仙？"昨天，菊治被稻村小姐问倒了。

"啊，是谁呢？上面没有写和歌，我不清楚。这种画上的歌人都是一样的打扮。"

"是宗于[①]吧。"近子插了一句，"画的和歌是常盘松苍翠，比春色更胜一筹。虽然有些过季了，不过令尊喜欢，经常在春天挂出来。"

"宗于和贯之[②]在画里很难分辨啊。"菊治又说了一句。

今天看来，他依然完全无法分辨那张豁达的脸属于谁。

[①] 宗于：源宗于，日本平安时代前中期公家、歌人，三十六歌仙之一。
[②] 贯之：纪贯之，日本平安时代初期的随笔作家和歌人，代表作品有《土佐日记》。

不过他在线条简约的小作品里感受到了宏大的气魄。看着看着,他隐约闻到了一股清新的香味。

无论是歌仙画还是昨天插在客厅的菖蒲画,都让菊治想到了稻村小姐。

"我烧了一壶开水,想煮沸一些再拿过来,所以来晚了。"

女仆拿着炭火和开水走来。

茶室环境潮湿,所以菊治只想烤火,并不打算烧茶水。

菊治从小就跟着父亲,习惯了参加茶会,自己却没有主动生出兴趣,父亲也没有逼他学习。

不过听到菊治要生火,女仆就很有眼色地准备了热水。

菊治随手添了几块炭,架上煮茶水的锅。

今天同样如此,女仆拿来热水后,菊治只是稍稍打开了锅盖,就呆坐在那里。

房间里有些霉味,榻榻米似乎也潮了。

颜色素雅的墙壁昨天衬托出稻村小姐的倩影,今天却显得暗淡。

给菊治的感觉就仿佛住在洋房里的人却特意穿着和服一样,于是他昨天对小姐说:"栗本突然邀请你,让你为难了吧,去茶室也是栗本擅自决定的。"

"师父说今天是令尊举办茶会的日子。"

"听说是,这种事情我都忘得一干二净了,想都没想过。"

"在这种日子里邀请我这个外行过来,师父是在讽刺我吧?因为我最近练习偷懒了。"

"栗本也是今天早上突然心血来潮，就匆匆来打扫茶室了，所以有一股霉味吧。"菊治支支吾吾地说，"可是同样是相识，如果不是通过栗本的介绍就好了，我觉得对不起稻村小姐。"

小姐诧异地看着菊治。

"为什么？如果没有师父，就没有人引见我们了吧。"

她的抗议着实简单，不过着实真实。

确实如她所说，如果没有近子，两人恐怕这辈子都不会相见。

菊治仿佛迎面受到了鞭子的抽打，那鞭子闪烁着光芒。

而且菊治觉得，小姐的话听起来像是答应了和菊治的婚事。

可是听到菊治不加敬语地称呼栗本，小姐是怎么想的呢？尽管时间很短，可近子毕竟曾经是菊治父亲的情人，小姐究竟知不知道呢？

"对于栗本，我有不好的回忆。"菊治的声音在颤抖，"我不希望自己的命运和那个女人扯上关系。那个女人将稻村小姐介绍给我，我实在难以置信。"

近子把自己的饭菜端了过来，话题到此为止。

"让我也来陪陪你们吧。"近子坐下后稍稍弯着腰，似乎要平复一下刚才站着干活时急促的呼吸，打量着小姐的脸色。

"虽然只有一个客人，挺寂寥的，不过令尊也会高兴的吧。"

小姐坦率地垂下眼睛说："我没有踏进令尊茶室的资格。"

近子当作没听见一样，一直在讲述她的记忆中，菊治的父亲生前是如何使用这间茶室的。

近子似乎认定这门亲事能成。临走前，她在大门口说："菊治要是也能去一趟稻村小姐家就好了……下次再商量日子吧。"

小姐点了点头，似乎想要说些什么，却没有说出口。全身忽然表现出本能的羞耻。

菊治未曾料想，仿佛感受到了小姐的体温。

可是被黑暗丑陋的帷幕包裹的感受挥之不去。

即使到了今天，那块帷幕依然无法取下。

不仅是介绍稻村小姐的近子不洁，就连菊治自己的内心也是不洁的。

菊治幻想着父亲用肮脏的牙齿咬住近子胸前的黑痣。父亲的姿态与自己重合。

明明小姐并不抵触近子，可菊治心中计较。虽然菊治的懦弱和优柔寡断不仅仅因为如此，不过这似乎也是原因之一。

菊治摆出一副嫌弃近子的态度，仿佛与稻村小姐相亲是受到近子强迫。近子是在这种情况下方便利用的女人。

菊治仿佛挨了当头一棒，觉得小姐看透了他的想法。菊治自己也在此时意识到自己的想法，心中愕然。

做完饭，近子去准备泡茶时，菊治说："既然是栗本推动我们的命运，那么稻村小姐和我对命运的看法相去甚远啊。"

这句话听起来也带着几分辩解的味道。

父亲死后，菊治不喜欢看到母亲独自走进茶室。

他如今依然在想，父亲、母亲和自己独自一人在这间茶室中，思考的都是各不相同的事情。

雨滴打在树叶上。其中夹杂着雨水打在伞上的声音，女仆在纸拉门外说："太田女士到访。"

"太田女士？小姐吗？"

"是夫人。她形容憔悴，好像生病了……"

菊治猛然起身，却没有动。

"要带她去哪里？"

"带她来这里就好。"

"是。"

太田的遗孀没有打伞，应该是放在大门口了。

菊治以为雨水打在了她的脸上，其实是泪水。因为那水不停地从眼睛流向两颊，所以他明白那是泪水。

尽管菊治一开始稀里糊涂地将泪水当成了雨水，不过他还是叫喊着靠近夫人："啊，你怎么了？"

夫人一边坐在露天走廊上一边伸出双手，看起来似乎要温柔地倒向菊治。

走廊边缘被淋湿了，雨水滴答滴答地滴落。

夫人如雨的泪水几乎让菊治再次误认为是雨滴。

夫人的眼睛盯着菊治，仿佛他能支撑着她不要倒下。菊治也感到如果移开视线，就会有某种危险。

太田夫人眼窝凹陷，眼睛下面发黑，长满了小皱纹。病容让她的眼皮看起来变成了双眼皮，不过如泣如诉的眼睛里闪着泪光，含着难以言喻的温柔。

"抱歉,我想来见你,没办法留在家里。"夫人亲切地说。就连身姿也带着温柔的气息。

夫人实在太憔悴,如果没有这份温柔,菊治甚至不忍注视。

夫人的痛苦刺痛了菊治。他明知这份痛苦是由于自己,却受到夫人温柔的诱惑,产生了一种自己的痛苦得到慰藉的错觉。

"你都淋湿了,快进来吧。"

菊治突然从背后抱住夫人,几乎是将她拖上来的,动作有几分残酷。

夫人想要自己站住,她说:"请放开我,放开,我很轻吧。"

"是啊。"

"我变轻了,最近瘦下来了。"

菊治有些惊讶自己突然抱起夫人的举动。

"小姐不会担心吗?"

"文子?"

听到夫人的称呼,菊治以为文子也来了,于是问:"小姐和您一起来的吗?"

"我是瞒着她来的……"夫人抽抽搭搭地说,"那孩子一直盯着我,就连晚上,只要我做些什么,她就会立刻看向我。因为我,她也变得有些奇奇怪怪的,甚至会说些吓人的话,比如妈妈为什么只生了我一个人呢?和三谷先生生个孩子不是也挺好的吗?"

说着说着,夫人调整了坐姿。

菊治从夫人的话里感受到小姐的悲伤。

文子的悲伤是因为不忍看到母亲的悲伤吧。不过文子说出和菊治的父亲生个孩子也好，这话刺痛了菊治。

夫人依然目不转睛地看着菊治。

"虽然我是趁她不在家溜出来的，不过说不定她今天也会跟着我过来……她大概是觉得下雨天我不会出门吧。"

"下雨天？"

"对，她也许认为我已经虚弱到雨天没办法出门的地步了吧。"

菊治只是点了点头。

"前几天，文子来府上拜访了吧。"

"我见过她了。小姐请我原谅夫人，我都没办法回答。"

"我很理解她的心情，我为什么还要来呢？啊，真可怕。"

"可我还要感谢夫人呢。"

"谢谢你，我该就这样放手的……后来我很痛苦，我对不起你。"

"可实际上并没有什么东西在束缚着夫人吧，如果有，难道是我父亲的亡灵吗？"

然而夫人听过菊治的话后不为所动，菊治仿佛扑了个空。

"都忘了吧。"夫人说，"接到栗本女士的电话时，我不知道为什么发了一通火，真丢脸。"

"栗本给你打电话了吗？"

"嗯，今天早上，她说你和稻村家的雪子小姐定亲了……她为什么要告诉我呢？"

太田夫人的眼眶又湿润了，突然微笑起来。不是悲喜交加的笑容，而是真正天真烂漫的笑容。

"没定下来。"菊治否认，"夫人是不是让栗本感觉到我们之间的事情了？你后来见过栗本吗？"

"没有见过。不过她那么可怕，或许是知道了吧。早上打电话的时候，她一定觉得我很奇怪。是我不好，当时几乎站不住了，大声喊了些什么。哪怕是在打电话，她应该也明白了吧，还跟我说让我不要碍事。"

菊治皱起眉头，一时间说不出话来。

"说什么碍事，真是……听了你和稻村小姐的事，我只是觉得自己不好，可是从今天早上开始，我就在害怕栗本女士，没办法留在家里。"

夫人仿佛被什么东西附身了一样颤抖着肩膀。一侧嘴角扭曲抽搐，似乎要向上提起，露出上了年纪的丑陋。

菊治站起来走到夫人身边，伸手按住她的肩膀。

"好吓人，好吓人啊。"夫人抓住了他的手，恐惧地环顾四周，然后突然卸了力，"这里是茶室？"

菊治不知道她是什么意思，含糊地回答："是的。"

"真不错。"

夫人是想到了死去的丈夫经常来这里做客？还是想到了菊治的父亲？

"你是第一次来吗？"菊治问。

"对。"

"你在看什么?"

"没有,没看什么。"

"那是宗达的歌仙画。"

夫人点点头,又低下了头。

"你之前从没来过我家吗?"

"没有,从没来过。"

"不,只有一次,是令尊的葬礼……"夫人没再说下去。

"家里烧了热水,要喝杯茶吗?能缓解疲劳,我也想喝。"

"好,你不介意吧?"

夫人想站起来,脚下打了个趔趄。菊治从摆在角落的箱子里取出茶具。他发现那是昨天稻村小姐用过的茶具,却还是取了出来。

夫人想掀开茶锅的盖子,结果手一抖,盖子碰到茶锅,发出一声轻响。夫人拿着茶勺身体前倾,眼泪打湿了锅沿。

"这茶锅也是令尊从我手里买下来的。"

"是吗?我不知道。"菊治说。

尽管夫人说了这个茶锅曾属于她的亡夫,菊治却并没有觉得抗拒,也不觉得坦率说出此事的夫人奇怪。

夫人点完茶说:"我拿不过去,请你过来吧。"

菊治走到茶锅旁边,在那里喝茶。

夫人倒在菊治的膝盖上,仿佛失去了知觉。

菊治抱起她的肩膀,夫人的后背颤了颤,呼吸越来越轻。

夫人是那么柔软，菊治的怀中仿佛抱着一个幼小的孩子。

"夫人。"菊治粗鲁地晃着夫人。

菊治用双手抓住她从喉咙到胸前的肋骨，仿佛要勒住她的脖子，看到她的肋骨比之前更明显。

"夫人，你能分清我父亲和我吗？"

"讨厌，你真残忍。"夫人闭着眼睛，撒娇地说，似乎不打算立刻从另一个世界回来。

与其说菊治是在问夫人，倒不如说他是在问自己内心深处的不安。

菊治老老实实地被引到了另一个世界，那一定是另一个世界。在那个世界，菊治和父亲似乎没有区别，这份不安会在事后才萌发。

他觉得夫人不是人类女子，也许她是出现在人类之前的女子，或者是最后一个人类女子。

菊治怀疑夫人一旦进入另一个世界，就不再能区分死去的丈夫、菊治的父亲和菊治。

"你想起父亲，就相当于把父亲和我变成了一个人吧？"

"原谅我，啊，真可怕，我是个罪孽深重的女人。"

泪水滑过夫人的眼角。

"啊，我想去死，想去死。要是能现在死去，该是一件多么幸福的事情啊。菊治啊，你刚才不是要掐住我的脖子吗？为什么不掐呢？"

"这可不是开玩笑。不过既然你说了，我想掐一下试试。"

"是吗？多谢。"夫人伸出修长的脖子。

"因为瘦下来了，很方便掐。"

"你没办法丢下小姐去死吧。"

"不，再这样下去，我总会累死的。文子就拜托菊治照顾了。"夫人放心地睁开眼睛。

"小姐和你很像吧。"说完，菊治心中一惊，他没想到会说出这句话。

夫人会怎么想呢。

"你听，我的脉搏这么乱……已经撑不久了。"夫人拉着菊治的手按在自己的乳房下方。

也许是菊治的话让她惊讶得心跳加速了。

"你今年多大？"

菊治没有回答。

"不到三十吧？对不起，我真是个悲哀的女人，不知道这些事。"

夫人伸出一条胳膊支起半边身子，弯起双腿。

菊治起身坐好。

"我不是来玷污菊治少爷和雪子小姐的婚事的，不过已经结束了。"

"还没决定要结婚,不过照你这样说,我觉得是你为我洗净了过去。"

"是吗?"

"就连做媒的栗本也是我父亲的女人,她会带来来自过去的恶意。你是我父亲最后的女人,我觉得父亲也是幸福的。"

"快点儿和雪子小姐结婚比较好啊。"

"这是我的自由。"

夫人茫然地看着菊治,脸颊失去血色,按着额头说:"我感觉晕头转向的,有些眼花。"

因为夫人无论如何都要回去,于是菊治叫了车,自己也坐了上去。

夫人闭上眼睛靠在角落里,那副虚弱的样子看起来生命垂危。

菊治没有进夫人的家。下车时,夫人冰冷的手指轻轻从菊治掌心中抽出,渐渐消失。

夜里两点左右,文子打来电话。

"是三谷先生吗,我母亲刚才……"她停顿片刻,然后清晰地说,"去世了。"

"嗯?令堂怎么了?"

"去世了。是心脏病突发,因为她最近吃了很多安眠药。"

菊治说不出话来。

"那个,有件事想拜托三谷先生。"

"嗯。"

"如果三谷先生有熟悉的医生,能不能请您带上医生来一趟?"

"医生?是医生吗?我马上过去。"

菊治没想到文子到现在还没有请医生,然后他突然明白了。

夫人是自杀的,文子拜托菊治是想掩盖此事。

"我明白了。"

"拜托您。"

文子一定是深思熟虑后才给菊治打了电话,这才能条理清晰地说明白情况。

菊治坐在电话旁边闭上眼睛。脑海中浮现出在北镰仓的旅馆和太田的遗孀春宵一夜之后,在回程的电车上看到的夕阳。那是池上本门寺林中的夕阳。

火红的夕阳仿佛正好掠过树梢。在漫天晚霞下,森林黝黑而醒目。划过树梢的夕阳刺痛了疲惫的眼睛,菊治合上了双眼。

霞光万道的天空还留在眼前,当时他突然想到,稻村小姐包袱皮上的雪白的千只鹤,仿佛在布满晚霞的天空中飞过。

志野陶

一

太田夫人过完头七的第二天，菊治去太田家拜访。

公司下班已经是傍晚，所以他打算早退。可是尽管他心神不宁，随时打算离开，可是直到下班也没能离开。

文子来到大门口。

"啊！"文子双手伏地，抬头看着菊治，仿佛要用两只手支撑自己，不让肩膀颤抖。

"谢谢您昨天送的花。"

"哪里。"

"我以为您既然送了花，就不会来了。"

"是吗？也会有花先送到，人随后来的情况吧。"

"不过我没想到。"

"其实昨天我都走到附近的花店了……"

文子坦率地点了点头说："花上没有名牌，不过我马上就明白了。"

菊治想起自己昨天站在花店里，在万花丛中思念太田夫人的事情，想起花香突然缓解了菊治对罪孽的恐惧。

如今，文子也在温柔地迎接菊治。

文子穿着白色棉布衣服，没有打粉底，只是在有些干裂的嘴唇上涂了薄薄一层口红。

菊治说："昨天，我觉得还是不来打扰比较好。"

文子跪坐着让到一旁，让菊治进屋。

文子在大门口寒暄时没有哭出来，不过若是保持同样的姿势继续说话，恐怕她就要掉眼泪了。

文子站在菊治身后说："仅是收到花，我就不知道有多开心了，不过要是您昨天能来就好了。"

菊治勉强装作轻松的样子说："要是让你们家亲戚觉得不舒服，就太不好意思了。"

文子斩钉截铁地说："我已经不去想这些事情了。"

客厅的骨灰盒前立着太田夫人的照片。

只有昨天菊治送来的花摆在上面。菊治没有想到，文子是不是只留下了菊治的花，把其他花都收起来了呢？

不过菊治觉得，头七那天或许很冷清。

"是水壶吧？"

文子明白菊治说的是花瓶，她说："对，我觉得正合适。"

"是上等的志野陶吧？"

做水壶有些小了。

菊治送的花是白玫瑰和浅色康乃馨，搭配圆筒形的水壶很合适。

"我母亲也经常在水壶里插花，就没有卖掉，而是留下来了。"

菊治坐在骨灰盒前上了一炷香。他双手合十，闭上眼睛。

菊治在谢罪,可是他在内心感谢夫人的爱,似乎被那份爱纵容着。

夫人是因为被罪恶逼迫,无路可逃才选择死亡吗?还是被爱情逼迫,无法压抑自己才死去的呢?一周以来,菊治一直在困惑,逼死夫人的究竟是爱情还是罪恶。

如今,他在夫人的遗骨前闭上双眼,脑海中浮现出夫人的四肢,令人陶醉的香气和触感温柔地包裹着菊治。尽管这是件奇怪的事,可对菊治来说并没有不自然,这也是由于夫人的缘故。尽管他回忆起触感,却没有雕刻般的坚硬质感,而是音乐般的流动感。

夫人死后,菊治夜不能眠,于是会在酒里加入安眠药。尽管如此,他依然多梦,易惊醒。

可他并没有受到噩梦的威胁,而会在梦醒时陶醉在甜美的气息之中,醒来之后依然神魂颠倒。

菊治感到奇怪,已死之人还能在梦里让他感受到她的拥抱,在菊治浅薄的经历中,这实在是一件出乎意料的事情。

"我是多么罪孽深重的女人啊。"

夫人在北镰仓的旅馆和菊治共度春宵时,以及来到菊治家走进茶室时,都说过同样的话,却反而会引起夫人愉快的战栗和抽泣。如今菊治坐在夫人的遗骨前,想的是让夫人寻死的事情,如果说是因为罪恶,那么夫人说起自己罪孽深重时的声音还是会在他耳边响起。

菊治睁开眼睛。

文子在他身后哭泣,她强忍着不发出声音,似乎是忍不住哭出一声，又憋了回去。

菊治没有动，问她："这是什么时候的照片？"

"五六年前的，把小照片放大了。"

"是吗？是点茶时的照片吧？"

"哎呀，您很了解嘛。"

照片上的脸放得很大，领口以下和肩膀两端都被剪切掉了。

文子说："您怎么知道是点茶时的照片呢？"

"一种感觉。那副表情是微微垂下目光，似乎在做些什么。虽然看不到肩膀，不过能看出身体是紧绷的。"

"虽然我觉得脸有些侧向一边不太好，不过这是母亲喜欢的照片。"

"是张好照片，很文静。"

"可是侧着头还是不好吧。有人上香的时候，都看不到人家了。"

"啊？也是这么回事。"

"侧着头，还看着下方呢。"

"是啊。"

菊治想起夫人死前那天点茶的样子。她拿着茶勺，泪水沾湿了茶锅边缘。菊治走到她身边接过茶杯。喝完茶后，茶锅上的泪水已经干了。菊治刚放下茶杯，夫人就倒在了他的膝头。

"照那张照片的时候，母亲还挺胖的。"文子说完后，又支支吾吾地说，"而且摆一张和我如此相像的照片，怎么说呢，挺不好意思的。"

菊治猛然回过头。

文子垂下眼睛,那双眼睛从刚才开始就一直盯着菊治的背影。

菊治不得不从灵前起身,与文子面对面。

可是,他能说些什么来向文子道歉呢?

幸好花瓶用的是志野的水壶,菊治在水壶前轻轻伸出手,像欣赏茶具一样端详。

白釉里隐约浮现出红色,菊治伸出手,触碰冰冷却温柔的润泽釉质。

"就像温柔的梦,我也喜欢上等志野陶。"

他想说的是就像温柔的女人的梦,却省略了"女人的"一词。

"要是您喜欢,就作为母亲的遗物送给您吧。"

"不。"菊治慌忙抬起头。

"方便的话请您收下,母亲也会开心的。东西似乎不错。"

"当然是好东西。"

"我也是因为听母亲说过这个水壶好,才把花插进去的。"

菊治眼中不由得涌起滚烫的泪水:"既然如此,我就收下了。"

"母亲也会开心的。"

"可我应该不会把它当成水壶来用,而是会当成花瓶。"

"母亲也会用它插花,所以没关系的。"

"我插的花也不会是茶道的花,茶具离开了茶,会寂寞吧。"

"我也不想学茶道了。"

菊治借着转身的势头站了起来，把壁龛旁的坐垫移到走廊那边坐下。

之前，文子一直坐在菊治身后稍远的地方，没有用坐垫。

因为菊治离开，文子被留在了客厅正中间。

文子放在膝头的手指轻轻弯曲，她握紧拳头，仿佛要开始颤抖，她深深低下头说："三谷少爷，请您原谅我母亲。"

菊治吓了一跳，担心文子会就此倒下。

"你在说什么呢，该由我请求原谅才对，我甚至说不出请求原谅这句话。我不知道该如何道歉，心中感到羞愧，甚至没办法来见你。"

"感到羞愧的人是我们啊。"文子的表情中带着羞愧，"真想就此消失。"

文子没有施脂粉的脸颊到白皙修长的脖子都染上了一层红晕，显露出操劳带来的疲惫。那层薄薄的血色让文子的贫血越发明显。

菊治心中一痛："不知道你母亲有多恨我。"

"恨？怎么会？母亲恨着三谷少爷吗？"

"不，可是，是我逼死了你母亲，不是吗？"

"我觉得，母亲是自己选择了死亡。母亲去世后，我一个人思考了一周。"

"那天以后，你一直独自在家吗？"

"嗯，以前就只有我和母亲相依为命嘛。"

"是我让你失去了母亲。"

"母亲是自己寻死的,如果要说是三谷少爷逼死了她,那我逼她更甚。如果必须因为母亲的死憎恨一个人,我会恨我自己,可若是让旁人感到有责任,感到后悔,我母亲的死就会变得阴暗,变得不纯了。我觉得被留下的人有反省和后悔,会成为已死之人的重负。"

"或许的确如此,可如果我没有见过令堂……"菊治说不下去了。

"我觉得只要您能原谅已死之人就够了。母亲自杀,或许也是想求得您的原谅吧。您能原谅她吗?"

文子说完便起身离开了。

听了文子的话,菊治觉得脑海中的一块幕布就此落下。他想:已死之人身上的重担真的会减轻吗?

因为已死之人而烦恼,难道和咒骂死者相似,多是肤浅的错误吗?已死之人是不会强迫还活着的人遵守道德的。

菊治再次看向夫人的照片。

文子捧着茶盘走进房间。茶盘上放着两只筒状茶碗,分别是赤乐和黑乐①。

---

① 赤乐和黑乐:乐烧茶杯,根据釉色分为赤乐与黑乐两种。

文子将黑乐茶碗放在菊治面前，杯子里是粗茶。

菊治捧起茶碗，端详杯底的乐印，生硬地问了一句："是谁的？"

"我想是了入的。"

"红的也是？"

"对。"

"这是一对吧。"菊治看向红色茶杯。

红色茶杯一直放在文子膝前。筒状杯子正适合做茶杯，却突然让菊治产生出不好的想象。

当文子的父亲死去，菊治的父亲还活着时，菊治的父亲来文子的母亲家时，就是用这一对乐茶碗喝茶的吗？菊治的父亲用黑色，文子的母亲用红色，不正是一对夫妻杯吗？

既然是了入的作品，两人多半不会珍惜，说不定在旅行中也会带着当茶杯用。

如果是这样，文子知晓一切，如今在菊治面前端出这对茶碗，就是过分的恶作剧了。

但菊治完全没有感觉到故弄玄虚的讽刺和阴谋的味道。他认为这是少女单纯的感伤。

这份感伤甚至连菊治都感同身受。

或许文子和菊治都被文子母亲的死魇住，没办法违抗这份异样的感伤，而这对乐茶杯加深了菊治和文子共通的悲伤。

菊治的父亲和文子的母亲之间的事，以及母亲和菊治之间的事情,还有母亲的死,文子全都知道。

在隐瞒文子母亲自杀一事上,两人同样是共犯。

文子在沏粗茶时似乎哭过,眼睛红红的。

"今天能见到你,真是太好了。"菊治说,"你刚才那番话,也可以理解成在死去的人和活着的人之间,无论是原谅还是不原谅都做不到了,我应该改变想法,认为令堂已经原谅我了吗?"

文子点了点头:"否则,母亲也无法得到原谅,虽然她并没有原谅自己。"

"可是我来到这里面对你,或许是一件可怕的事。"

"为什么?"文子看着菊治。"死是不对的吗?母亲死的时候,我也不甘心,觉得无论受到什么样的误解,死都是不对的。死亡就是拒绝一切理解,没有人能够原谅她。"

菊治沉默不语,心想,难道文子也曾撞上死亡的秘密吗?

他没想到会从文子口中听到"死亡是拒绝一切理解"这种话。

实际上,如今菊治理解的夫人和文子理解的母亲恐怕有很大差距。

文子无从知晓作为女人的母亲。

无论是原谅还是被原谅,菊治都在女人身体犹如梦境的波涛中摇曳。

就连那对黑色和红色的乐茶杯,在菊治心中都弥漫着宛如梦境的气息。

文子不了解那样的母亲。

从母亲体内生出来的孩子不了解母亲的身体，这似乎有些微妙，不过母亲的体态却微妙地转移到了女儿身上。

文子在大门口迎接菊治时，菊治之所以感受到温柔，也是因为在文子温柔的圆脸上看到了她母亲的模样。

如果夫人在菊治身上看到了他父亲的模样，于是犯下了错误，那么菊治认为文子长得像她母亲，就该是令人战栗的束缚，可菊治依然坦率地接受了诱惑。

菊治盯着文子下唇突出的樱桃小口，觉得没办法和这个人争辩。

要做些什么才能让这位小姐做出反抗呢？

菊治带着这样的想法说："令堂太温柔了，活不下去了吧。可是我对令堂太残忍。因为我胆小懦弱，才以这样的形式，将自己道德上的不安推到了令堂身上……"

"是我母亲不好，她是个坏女人，无论是和令尊，还是和三谷少爷的事。不过我不觉得这是我母亲的性格使然。"文子结结巴巴地说着，脸上泛起红晕，气色比刚才好些了。

她微微侧过脸低下头，似乎是想避开菊治的目光。

"可是，从母亲死后的第二天开始，我越来越觉得母亲是个美好的人。难道这不是我的想象，而是母亲独自变得美好了吗？"

"既然是已死之人，恐怕都是一样的吧。"

"可母亲或许就是因为无法忍受自己的丑陋才寻死的……"

"我认为并非如此。"

"而且她无法忍受悲伤。"

文子泛起泪光。她想说的或许是母亲对菊治的爱。

"已死之人已经成为我们心中所想的存在,所以让我们珍惜她吧。"菊治说,"可是,大家都早早死去了。"

文子似乎也明白,菊治说的是他和文子的父母。

菊治继续说:"你和我都是独生子。"

菊治从自己的话里意识到,若是太田夫人没有文子这个女儿,自己说不定会因为与夫人之间的纠葛,陷入更加阴沉扭曲的想法中。

"听说文子小姐对我父亲也很好,我是从令堂那里听说的。"

菊治终于说出了口,他本打算自然而然地说出来。

他觉得可以和文子说说父亲将太田夫人当成情人,常常到这个家里来的事情。

可文子突然双手伏地:"请原谅,因为我母亲太可怜了……从那时开始,母亲就随时打算去死了。"

文子就这样趴在地上一动不动,流下眼泪,肩膀卸了劲。

因为菊治突然造访,文子没来得及穿袜子。她将两只脚心藏在腰后,紧紧蜷起身子。

垂到榻榻米上的头发几乎要碰到筒状的赤乐茶碗。

文子双手捂住泪眼婆娑的脸离开房间。

因为她久久没有回来,于是菊治说道:"今天就此告辞。"说完,向大门口走去。

文子拎着一只包袱走来。

"给您增加负担了,不过还请您带上这个。"

"嗯?"

"是志野陶。"

水壶已经拔出花,倒掉水,擦净后装进盒子包好,文子麻利的动作让菊治大吃一惊。

"我今天就带走它吗?刚才还插着花呢?"

"请带上吧。"

菊治觉得文子或许是因为太过悲伤,才麻利地干活的。于是他说:"那我就收下了。"

"您带走就好,我就不去府上拜访了。"

"为什么?"

文子没有回答。

"请多保重。"

菊治正打算出门,文子说:"谢谢您。那个,请您不要在意我母亲,尽早结婚吧。"

"你说什么?"

菊治转过身,可文子没有抬头。

菊治还是在带回来的志野水壶里插上了白玫瑰和浅色康乃馨。

他仿佛是在太田夫人死后爱上她的,并且一直被这份心情纠缠着。

而且他觉得夫人的女儿文子让他明确知晓了自己的爱。

周日,菊治给文子打了电话。

"你还是一个人在家吗?"

"是的,挺寂寞的。"

"一个人住可不行。"

"嗯。"

"电话里都能听出府上鸦雀无声的气氛。"

文子轻轻笑了一下。

"请哪位朋友来陪陪你怎么样?"

"可我觉得要是有人来了,就会知道我母亲的事……"

菊治无话可说。

"你一个人也没办法出门吧。"

"没这回事,锁上门就能出去了。"

"那请你来我家一趟吧。"

"谢谢您,过几天吧。"

"身体怎么样?"

"瘦了。"

"睡得好吗?"

"晚上几乎睡不着。"

"这可不行。"

"我可能最近就会把房子整理好,去朋友家借住了。"

"你说最近,是什么时候?"

"我想等房子卖掉之后。"

"你家的房子?"

"对。"

"你打算卖房子?"

"对,您不觉得卖掉比较好吗?"

"啊,是啊。我也想把家里的房子卖掉。"

文子没有说话。

"喂喂,在电话里说这些话也没用,我周日在家,你能过来一趟吗?"

"好。"

"我在你送的志野陶水壶里插上了西洋花,你要是来了,还请把它当成水壶来用……"

"沏茶吗?"

"不是沏茶,不过要是那只志野陶一次都没当成水壶用过就太可惜了。而且茶具还是要搭配茶具,要是不能交相辉映,就没办法衬托出它真正的美。"

"可是,我今天比您上次见到时更难看,就不去拜访了。"

"又没有客人来。"

"可是……"

"这样啊。"

"再见。"

"你保重,好像有人来了,再见。"

来人是栗本近子。

菊治表情僵硬,不知道她有没有听见刚才的电话。

"最近天气阴沉沉的,今天难得天气好,我就过来了。"近子打着招呼,眼睛已经看向志野水壶。

"从现在到夏天,茶道场会闲上一段时间,我想来府上的茶室坐坐……"

近子递上当作小礼物的点心和扇子。

"茶室又有霉味了吧?"

"可能吧。"

"这是太田夫人的志野陶吧,我看看。"近子漫不经心地说着,跪坐着向花的方向走去。

她双手伏地低下头后,骨骼结实的双肩突起,仿佛要喷出毒液。

"是买来的吗?"

"不,是别人送的。"

"送这个?可真是一份大礼,是太田夫人的遗物吗?"

近子抬起头转向菊治:"这么贵重的东西,还是买下来比较好吧?从小姐手里收下,挺可怕的。"

"嗯,我考虑考虑。"

"请您想想。太田夫人的茶具有不少都在这里,不过令尊都是买来的,我开始照顾夫人之后也是如此……"

"我不想听你说这些事。"

"好，好。"近子突然轻松地起身离开。

对面传来了她和女仆的说话声，她穿着围裙走了出来。

"太田夫人是自杀的吧。"近子冷不丁地冒出一句。

"不是。"

"这样啊，我突然想到的，总觉得那位夫人身上有几分妖气。"近子看着菊治说，"令尊也说过，他看不懂那个女人。虽然女人的样子不同，不过她看起来总是一副不谙世事的样子。我跟她合不来，她那人黏黏糊糊的……"

"你不要说死人的坏话。"

"这话是没错，可死去的人不是碍着菊治少爷的婚事了吗？令尊也因为那位夫人吃了不少苦头。"

菊治觉得吃了苦头的人恐怕是近子。

近子和父亲的交往时间实在很短，不过是玩玩而已，虽然近子的处境不是因为太田夫人，可是菊治不知道，近子有多恨直到父亲去世还和他保持关系的太田夫人。

"像菊治少爷这样的年轻人，可不了解那位夫人。她死了不是件好事吗？我说真的。"

菊治转过身子不理她。

"她甚至妨碍了菊治少爷的婚事，这怎么能忍？我觉得她这人太坏了，一定是因为没办法压抑自己的魔性才死掉的。她那个人，可能还想着死了就能见到令尊了呢。"

菊治浑身发冷。

近子走到院子里说:"我也去茶室里静静心。"

花朵的白色和粉红色,仿佛为志野陶的釉色蒙上了一层雾气。

菊治想到在家独自哭泣的文子。

母亲的口红

菊治刷完牙回到卧室,女仆正在往悬挂的葫芦花瓶里插牵牛花。

"今天我起床。"菊治说完,却又钻进了被窝。

他仰躺在床上,在枕头上扭过头看着壁龛角落里的花。

"开了一朵。"女仆退到隔壁房间,"您今天也休息吗?"

"嗯,再休息一天,不过我会起床的。"

菊治感冒了,头很痛,跟公司请了四五天假。

"牵牛花是开在哪里的?"

"在院子旁边,缠在蘘荷上开了一朵花。"

是自己长出来的吧。花是随处可见的纯蓝色,开在纤细的藤蔓上,花和叶子都很小。

可是绿叶和蓝花垂在古色古香、颜色发黑的红漆葫芦里,倒是带来了一丝清凉。

父亲生前，女仆就在家里了，所以懂些插花。

悬挂的花瓶上能看见褪色的花押，陈旧的盒子上也写着"宗旦"的字样，如果是真品，这葫芦就有三百年的历史了。

菊治不懂茶道和插花，女仆也不算了解。不过他觉得早上喝茶时，配着牵牛花也不错。

菊治想到三百年前传下来的葫芦里插着朵一个早上就会枯萎的牵牛花，端详许久。

果然比在三百年前的志野水壶里插满西洋花更合适吧。

可是，他心中生出一股不安，用牵牛花插花能保持多久呢？

菊治对服侍自己吃早饭的女仆说："我以为那朵牵牛花很快就会枯萎，其实不是啊。"

"是吗？"

菊治想起自己曾打算在文子送给她的志野陶水壶里插一枝牡丹，那水壶是文子母亲的遗物。

他得到水壶时，已经过了牡丹的花期，不过如果是那个时候，或许某处还有依然盛放的牡丹吧。

"我都忘了家里有那只葫芦，你竟然找出来了。"

"是的。"

"你看过我父亲在葫芦里插牵牛花吗？"

"不，我只是觉得牵牛花和葫芦都是藤蔓植物，可能不错……"

"哦？藤蔓植物……"菊治笑起来，松了一口气。

他看着报纸，觉得头很重，于是躺在餐厅里说："床铺还没动吧。"

女仆洗完餐具,擦过手走了过来:"我稍稍打扫一下。"

过了一会儿,菊治去卧室一看,壁龛里没有牵牛花,也没有挂葫芦花瓶。

"嗯。"

女仆大概是不想让他看见花枯萎的样子吧。

听见女仆说牵牛花和葫芦都是"藤蔓植物"时,菊治笑了出来,父亲的生活习惯竟然在女仆身上留下了如此深的印记。

然而,壁龛正中央还放着那只志野水壶,里面空空如也。

要是文子看到,一定会觉得被糟蹋了。

从文子那里得到这只水壶时,菊治立刻插上了白玫瑰和浅色康乃馨。

因为文子在母亲的骨灰盒前就是这样做的。那束白玫瑰和康乃馨是菊治在文子母亲头七那天送去的。

带着水壶回家的路上,菊治来到前一天给文子送花的同一家花店,买下了一束同样的花。

可是后来,菊治只是碰触水壶都觉得心神不宁,便没有插花。

走在路上,菊治看到一位中年女子的背影,他被深深吸引,等回过神来时,表情阴沉地嘟囔了一句:"我简直是个罪人。"

回过神来一想,那背影并不像太田夫人。只是腰身和夫人一样丰满。

菊治在瞬间感受到渴望,简直控制不住颤抖,与此同时,甜美的醉意和骇人的惊讶重叠在一起,将他从犯罪的瞬间唤醒。

"是什么让我变成了罪人啊。"

菊治说着,想要挥走什么,可是只有想见夫人的渴望越来越强烈,却得不到回答。

已死之人的肌肤触感时不时会栩栩如生地浮现在脑海中,菊治觉得如果不逃走,自己将变得无可救药。

他觉得道德的苛责果然会让感官出现病态。

菊治将志野水壶收进盒子里,然后钻进被窝。

他看向院子,空中响起雷鸣。

雷声虽远,却十分强烈,而且每次响起都越发靠近。

闪电开始划过院子里的树木。

骤雨猝至,雷声渐渐远去。

瓢泼大雨打在院中的土地上,溅起水花。

菊治起床给文子打了电话。

电话那头的人说:"太田小姐搬家了……"

"啊?"菊治心中咯噔一下。

"抱歉,那……"菊治想,文子已经把房子卖掉了,"您知道她搬去哪里了吗?"

"请稍等。"电话那头的人似乎是女仆。

她很快回到电话旁,将地址告诉了菊治,好像在读纸上的内容。

地址是"户崎方",还留了电话。

菊治往那间房子打去电话。文子用开朗的声音说:"让您久等了,我是文子。"

"文子小姐吗?我是三谷。刚才给你家打了电话。"

"抱歉。"文子压低声音,很像她母亲的声音。

"什么时候搬的家。"

"嗯,那个……"

"没通知我啊。"

"我最近在朋友家里借住,房子已经卖掉了。"

"嗯。"

"我不知道该不该通知您,不知道该怎么办才好。一开始,我没打算通知您,下定决心一定不能通知您,可是最近又因为没通知您而感到内疚。"

"就是嘛。"

"哎呀,您是这样想的吗?"

菊治说着话,觉得神清气爽,仿佛心灵得到了洗涤。电话里也能产生这样的感觉吗?

"是志野的水壶,我看到你送我的水壶,就想见见你。"

"是吗?我家还有一个志野陶呢,是个小小的筒状茶碗。当时我想过要和水壶一起送给您,可是我母亲用它做过茶杯,杯口上沾着母亲的口红,所以……"

"啊?"

"我母亲是这样说的。"

"瓷器上一直沾着令堂的口红吗?"

"不是一直沾着,那只志野陶茶杯本来就是粉红色的,我母亲说口红沾在杯口上了,擦也擦不掉。母亲去世后,我看着杯口,好像有一处微微发红。"

文子是随口说这些的吗?

在菊治听来并非如此。

"雨真大啊,你那边怎么样?"

"大雨滂沱。我怕打雷,刚才吓得我都缩成一团了。"

"这场雨过后就清爽了吧。我也休了四五天,今天在家。方便的话,请你来做客吧。"

"谢谢您,我本来打算就算要拜访,也要等到我的工作定下来之后再去的。我想找工作。"

在菊治回答之前,文子说:"您打电话过来我很高兴,我会去拜访。虽然已经不该再见您……"

骤雨停后,菊治让女仆铺好床。

能请到文子,这结果让菊治吃了一惊。

可菊治更没想到的是,与太田夫人之间的罪恶阴影在听过她女儿的声音后反而消散了。

女儿的声音能让人感觉到她母亲还活着吗?

菊治在院子里甩了甩沾着肥皂的刷子,用雨水淋湿,刮起了胡子。

午后,菊治一心想着文子,结果走到门口却看到了栗本近子。

"啊,是你呀。"

"天热起来了,好久没来问候您了。"

"我身体不太舒服。"

"这可不行，您脸色不太好啊。"近子皱起眉头看着菊治。

文子应该会穿着洋装来，菊治一边想着自己竟然将木屐的声音当成了文子，真是奇怪，一边说："你把牙治好了？看起来年轻了。"

"梅雨季节嘛，趁着清闲……现在太白了，不过很快就会脏，挺好的。"

近子来到菊治睡觉的客厅，看向壁龛。

"什么都没有，清清爽爽的，挺好吧。"菊治说。

"嗯，梅雨季节嘛。不过，至少应该放些花……"近子又转过身说，"太田夫人的志野陶呢？"

菊治没有说话。

"那花瓶还是还回去的好吧？"

"这是我的自由。"

"也不是这样。"

"至少不是你能指使我做的事吧。"

"倒不是这样。"

"今天，我就是打算来提意见的。"近子露出洁白的假牙笑了，突然伸出双手，像是要挥走什么似的展开，"必须从这间屋子里驱走魔性……"

"你别吓我。"

"可是，我作为媒人，今天是来提要求的。"

"如果你要说稻村小姐的事，虽然很难得，不过我拒绝。"

"好了好了，要是因为不喜欢媒人，放弃一段心仪的缘分，未免太小气了。媒人是桥梁，您只要踩在桥上就行。令尊就是这样坦然利用我的。"

菊治表情不悦。

近子有个毛病，一旦说到兴头上，肩膀就端得更高，她低着头说："就是这么回事，我和太田夫人不一样，无足轻重。这种事情也没什么好隐瞒的，敞开说一次就好了，可遗憾的是，我在令尊的情人里都排不上号，只是个小人物……可是我不恨他。从那以后，只要用得上我，我一直任他随便利用……男人嘛，用起和自己有关系的女人总是更顺手。我也是托令尊的福，学到了不少世间健全的常识。"

"嗯。"

"所以，请你利用我健全的常识吧。"

菊治也被这份理所当然的随意吸引了。

近了从腰带里抽出扇子。

"无论是太有男人味，还是太有女人味，人都没办法培养出健全的常识。"

"是吗？常识是中性的啊。"

"您在讽刺我吗？可是变成了中性，就能清楚地看到男人和女人的心思。太田夫人母女俩相依为命，她怎么能丢下小姐去死呢？按照我的想法，她那人说不定是有目的的，想让菊治少爷在自己死后照顾女儿……"

"你在说什么？"

"我冥思苦想,突然就有了这个怀疑。因为我总觉得太田夫人是在用自己的死阻碍菊治少爷的婚事。那不是单纯的死亡,必定怀有什么目的。"

"这是你奇怪的幻想。"菊治嘴上说着,近子的猜想却像一道闪电划过,扎进了他的心里。

"菊治少爷,您把稻村小姐的事情告诉太田夫人了吧。"

菊治想到了,却装作不知。

"不是你给太田夫人打电话,说我的亲事定下来了吗?"

"是,是我说的。我告诉她不要碍事。太田夫人就死在那天晚上。"

两人都沉默了。

"可是,菊治少爷是怎么知道我打过电话的呢?那人来向您哭诉了吗?"

菊治遭到一击突袭。

"就是这样的吧。她在电话那头大喊大叫呢。"

"既然如此,就相当于是你杀了她。菊治少爷觉得这样想心里会轻松些吧,因为我成了反派。令尊就是把我当成在需要的时候变成冷酷的反派女人。虽然算不上报恩,不过我今天就当这个反派吧。"

在菊治耳中,近子是在发泄根深蒂固的嫉妒和憎恶。

"置于舞台后面,就当不知道吧……"近子低下头,仿佛在看自己的鼻子,"菊治少爷只要皱紧眉头,当成是我这个讨厌的女人多管闲事就好。过不了多久,我就会让你远离那个魔性的女人,喜结良缘。"

"能不能不要再说良缘了？"

"好好好。我也希望你不要把我和太田夫人的事绑在一起。"近子放缓了声音，"太田夫人也不是坏人……只是希望用自己的死，不声不响地将女儿托付给菊治少爷……"

"你又在说胡话了。"

"可就是这样啊。你觉得她从活着的时候开始，就一次都没想过要把女儿嫁给你吗？如果你这样想就太迟钝了。她是个不分昼夜都只想着令尊的人，就像着了魔一样，要说纯情倒是纯情。半梦半醒间把女儿都卷了进来，最后搭上了性命……可是在外人眼里，就像可怕的报应或者诅咒，张开了一张有魔性的网。"

菊治与近子四目相对，近子那双小眼睛向上翻着。

因为近子没有移开目光，所以菊治望向了一边。

菊治畏畏缩缩地让近子侃侃而谈，虽说是因为他本来就有弱点，不过更是因为被她奇怪的话震惊了。

死去的太田夫人真的希望女儿文子嫁给菊治吗？菊治想都没有想过，而且也不相信。

近子是因为嫉妒而口吐恶言的吧。

就像近子胸前的那颗丑陋的痣一样的胡思乱想吧。

可是这番奇怪的话语像闪电一样划过菊治心头。

菊治感到恐惧，自己真的不希望如此吗？

虽然世上并非没有在母亲死后爱上女儿的情况，可若是尚且陶醉在母亲的怀抱中，就这样不知不觉地爱上女儿，而自己尚未觉察，确实就成了魔性的俘虏吧。

如今菊治想到，自从见到太田夫人之后，自己的性格发生了翻天覆地的变化。

他感到一阵酥麻。

女仆前来通报："太田家的小姐来了，说要是有客人在，她下次再……"

"不用，她已经走了吗？"菊治起身走了出去。

"刚才……"文子伸直白皙修长的脖子，抬头看着菊治。

从喉咙到胸口的凹陷处，洒下一片淡黄色的阴影。

那片淡淡的阴影不知是由于光线的原因还是因为她的瘦削，菊治松了一口气。

"栗本来了。"菊治果断地说。虽然他很介意，不过见到文子后反而轻松了。

文子点了点头："我看见师父的太阳伞了……"

"啊，是这把洋伞吧？"

大门边靠着一把长柄灰色洋伞。

"你要是觉得不方便，就去别馆的茶室等等吧，栗本那个老太婆就要走了。"

菊治一边说一边对自己产生疑惑,他明知道文子会来,为什么不把近子赶走呢?

"我没关系的……"

"那么,请吧。"

文子像不知道近子的敌意一样,走进客厅跟近子打招呼,并且感谢她前去吊唁自己的母亲。

近子稍稍抬起左肩,挺直身子,摆出看弟子练习时的姿势说:"令堂也是个温柔的人——如今的世道,温柔的人多薄命,就像最后一朵花,凋谢了啊。"

"我母亲不是那么温柔的人。"

"留下文子小姐一个人,令堂也不放心吧。"

文子垂下眼睛,抿紧微微突起的下嘴唇。

"你挺寂寞的吧,差不多可以来茶道场了……"

"啊,我已经……"

"可以排遣悲伤哦。"

"我已经不是能学习茶道的身份了。"

"你说什么呢?"近子松开叠放在膝头的双手,"其实啊,我今天过来,是想着梅雨季节快过去了,给这栋宅子的茶室通通风。"说完瞥了菊治一眼。

"既然文子也在,你觉得怎么样?"

"啊?"

"就用令堂的遗物,那只水壶……"

文子抬头看着近子。

"一起聊聊令堂的过去吧。"

"可是,在茶室里哭出来不好吧。"

"哎呀,哭吧。没事的。以后菊治少爷有了妻子,我也不好随便进茶室了。虽然这间茶室充满了我的回忆……"

近子微微一笑,又正色道:"我是说如果少爷和稻村雪子小姐的亲事定下来的话。"

文子面无表情地点了点头,可是酷似母亲的圆脸看起来很憔悴。

菊治说:"说些没谱的事,人家会为难的。"

"我是说如果定下来嘛。"近子反驳他,"好事多磨,在事情定下来之前,也请文子小姐就当没听过。"

"好。"文子又点了点头。

近子叫来女仆,起身去打扫茶室。

院子里传来近子的声音:"这片树荫里的叶子还湿着呢,要小心啊。"

"早上在电话里,这边的雨声你都能听到吧?"菊治说。

"电话里也能听见雨声?我没注意。这个院子的雨声在电话里能听到啊。"文子望向院子。

树丛对面传来近子打扫茶室的声音。

菊治也望向院子说:"我也没想到能在电话里听到文子小姐那边的雨声,后来才想到,那场雨真大啊。"

"嗯,雷声挺吓人的……"

"对,你在电话里也说过。"

"我连这种小事都像母亲。小时候每次打雷,母亲就会用袖子包住我的头。夏天出门的时候,母亲常常看着天空说今天会不会打雷啊。直到现在,听到打雷,我还是想把脸藏进袖子里。"

文子从肩膀到胸口都自然地流露出羞涩的气息,她起身说:"我把那只志野陶的茶杯带来了。"

文子回到客厅,将包好的茶杯放在菊治面前。

见菊治犹豫,她主动拉过包裹打开盒子。

"那只筒状乐茶碗,令尊也会用它来喝茶吧。是了入的作品对吧?"菊治说。

"对,母亲说用黑乐和赤乐喝粗茶和煎茶的话,色泽都不好看,所以经常用这只志野陶茶杯。"

"是啊,用黑乐就看不清粗茶的颜色了……"

见菊治不打算拿起志野的筒状茶碗,文子说:"也不是什么上等志野陶。"

"不。"

可菊治依然没有伸手。

正如今天早晨文子在电话里说的那样,这只志野白釉茶杯染上了隐约的红色。端详久了，白釉上就会浮现出红色。

而且杯口是淡淡的浅褐色，有一处颜色要更深一些。

那里就是喝茶的地方吗？

看起来像是沾上了茶渍，不过也可能是碰触嘴唇留下的污渍。

仔细看，那处浅褐色似乎也带着几分红色。

难道就像今天早晨文子在电话里说的那样，沾上了她母亲的口红吗？

带着这个念头再去看，就连杯子里都带上了褐色和红色混合的颜色。

就像口红褪色后的颜色，就像红玫瑰枯萎后的颜色——而且，就像沾上鲜血后过了很久的颜色。想到这儿，菊治心中涌起一股异样的情绪。

他同时感受到仿佛要喷涌而出的不洁和令人神魂颠倒的诱惑。

杯身是发蓝的黑色，画着宽叶草。叶子里有些地方映出铁锈的颜色。

那宽叶草单纯健康，冷却了菊治病态的感官。

茶杯的形状也很清冷。

"真好。"菊治说完，拿起茶杯。

"我不懂瓷器，不过母亲很喜欢用它当茶杯。"

"很适合做女人的茶杯。"

菊治通过自己的话语，再次鲜明地感受到文子母亲身上的女人味。

尽管如此，文子为什么要把这只染上母亲口红的志野陶带给他看呢？

菊治不知道文子是天真还是迟钝，只是感到她身上有一股毫无抵抗的情绪。

菊治将茶杯放在膝盖上，一边旋转一边端详，却避免用指头抚摸接触过嘴唇的地方。

"请收起来吧，要是栗本那个老太婆再唠叨些什么，就太烦人了。"

"好。"文子将茶杯放进盒子里包好。她似乎是打算送给菊治的，却没有机会说出口。也许她觉得菊治不喜欢，便起身将包裹重新放回门口。

近子弯着腰从院子走进房间。

"能帮我把太田夫人的水壶拿出来吗？"

"用我们家的东西怎么样？既然太田小姐来了……"

"你在说什么啊，就是因为文子小姐在，才要用的，不是吗？就是要用太田夫人的遗物——那只志野陶水壶——讲一讲夫人的过去啊。"

"可你不是恨着太田夫人吗？"菊治说。

"怎么能说是恨呢？只是性格不合而已，总不能憎恨已死之人啊。可是因为性格不合，我不理解那位夫人，另外，反而在有些地方能够看透她。"

"看透别人是你的毛病……"

"不要让我看透就好啦。"

文子正在走廊里,坐在门槛上。

近子抬起左肩转过身说:"那个,文子小姐,就用令堂的志野陶吧。"

"好,请。"文子回答。

菊治取出刚放进抽屉里的志野水壶。

近子麻利地把扇子插进腰带,抱着装水壶的盒子走进茶室。

菊治也来到门槛边说:"早上在电话里听说你搬家了,我吓了一跳。房子的事情是你一个人办好的吗?"

"是的。不过是熟人买下来的,所以很简单。那位熟人暂时住在大矶,房子挺小的,他愿意跟我换房子,可是再怎么小的房子,我也没办法一个人住啊。要是找工作的话,还是借住在别人家更轻松。所以我暂且住在朋友家里。"

"工作定下来了吗?"

"没有,突然要找工作,结果发现自己什么都不会……"文子微笑着说,"我本来打算工作定了之后再来拜访的。我现在既没有住处又没有工作,正漂泊无依的时候来见您,就太可悲了。"

菊治想说,就是这种时候才好,他以为文子孤独无依,可她看起来并不寂寞。

"我也想卖掉这栋房子,可一直在拖。不过因为有心要卖,所以滴水槽也没修,榻榻米也没换面。"

"您要在这栋房子里结婚吧?到时候……"文子坦率地说。

菊治看着文子说："是栗本说的吧？你觉得我现在能结婚吗？"

"因为我母亲的事吗？既然我母亲让您那么伤心，我觉得您当她的事情已经过去就好……"

四

因为熟练，近子准备茶室的动作很快。

"和水壶搭配得如何？"近子问，菊治却并不懂这些。

见菊治没有回答，文子也沉默不语。菊治和文子都看着那只志野陶水壶。

原本摆放在太田夫人骨灰盒前的花瓶，如今恢复了它本来的用途。

太田夫人用过的东西，正在由栗本近子摆弄。太田夫人死后，水壶交到了女儿文子手里，又从文子手里来到了菊治手里。

这只水壶命运奇异，不过茶具或许就是这样。

在太田夫人成为它的主人之前，这只水壶在做好后的三四百年间，遇到的每一位主人都经历过什么样的命运呢？

"放在茶炉和铁锅旁边，志野陶看起来更柔美了啊。"菊治对文子说，"不过，那副坚韧的姿态可不输给铁器。"

志野陶雪白的釉质从深处透出温和水润的光泽。

菊治在电话里告诉文子，看到这只志野陶水壶就想见她，她母亲白皙的皮肤上，是不是真的蕴含着女人的坚强和深邃呢？

因为天气炎热，菊治打开了茶室的纸拉门。

文子身后的窗外，枫叶青翠欲滴。茂密的枫叶在文子发间洒下浓重的阴影。

文子修长的脖子上方映在从窗户洒进的阳光中，刚开始穿短袖的胳膊白得发青。肩膀不胖却圆润，胳膊的线条也很丰盈。

近子也端详着水壶。

"水壶果然要用来泡茶，不然就没有生命了，用来插西洋花实在太可惜。"

"我母亲也会用它插花。"文子说。

"令堂留下的水壶来到这里，就像做梦一样。不过令堂一定也会高兴吧。"

近子或许是在讽刺。

可是文子若无其事地说："母亲也用这只水壶当花瓶，而且我已经不学茶道了。"

"请不要这样说。"近子一边环顾茶室一边说，"能坐在这里，果然最能静下心来，我在这里见过不少人呢。"

她看着菊治说："明年就是令尊去世五周年了，在忌日那天举办一场茶会吧。"

"是啊。全都摆上赝品茶具，邀请客人过来，说不定很愉快呢。"

"你在说什么啊，令尊的茶具没有一件是赝品。"

"是吗？可是全都用赝品的茶会挺有趣吧。"菊治对文子说。

"我在这间茶室里，也能感觉到弥漫着发霉的毒气，说不定全用赝品的茶会能驱散毒气呢。就当为父亲祈冥福，与茶道断绝关系了。不过我以前就切断了和茶道的缘分……"

"你是嫌这个老太婆多管闲事，非要给茶室通风吧。"

近子麻利地搅动圆筒竹刷。

"算是吧。"

"不要这样说嘛。不过既然结下了新的缘分，旧缘分切断也好。"

近子恭敬地把茶端到菊治面前。

"文子小姐，听了菊治少爷说笑，你是不是觉得令堂的遗物来错了地方。我看到这只志野水壶时，就觉得令堂的面容映在上面啊。"

菊治放下喝完的茶杯，猛地看向水壶。

黑漆盖子上映着的也许是近子的身影。

可文子却茫然若失。

菊治不知道文子是无法反抗近子，还是打算无视近子。

文子和近子一起坐在茶室里，没有露出不悦的表情，本来就是一件奇怪的事。

近子谈起菊治的婚事时，文子也没有表现出关心。

近子从以前开始就憎恨文子母女，说的每一句话都是在侮辱文子，可文子并没有表现出反感。

文子是不是陷入了深深的悲伤中，以至于这一切都只能从面前流过呢?

她是不是受到了母亲死亡的打击,已经超越了一切侮辱呢?

或者是继承了母亲的性格,对自己和他人都不会反抗,是一位不可思议的、近乎纯洁的少女呢?

然而,菊治并没有表现出努力从近子的憎恶和侮辱中保护文子的姿态。

他意识到这一点,觉得自己才更奇怪。

最后,自斟自饮的近子的态度在菊治眼中也很奇怪。

近子从腰带里取出手表说:"这么小的手表,老花眼的人可不方便看……请把令尊的怀表送给我吧。"

"没有怀表。"菊治严厉地拒绝。

"有的哦,他总是戴着。去文子小姐家的时候也会戴着吧。"近子故意露出懵懂的表情。

文子低下头。

"是两点十分吧?隐约能看到两根针合在一起了。"近子摆出一副勤快的样子。"稻村家的小姐叫了一群人,今天三点开始练习茶道。我想在去见稻村小姐之前,顺便到这里来一趟,对菊治少爷的答复有个底。"

"请你明确回绝稻村小姐吧。"菊治说。

可近子依然带着笑说:"好好好,明确回绝。希望那群人能尽快到这间茶室来练习茶道啊。"

"既然如此,让稻村家买下这栋房子不就两全其美了吗?反正我最近打算卖掉。"

"文子小姐，陪我过去吧。"近子没有搭理菊治，而是转向了文子。

"好。"

"我立刻收拾。"

"我来帮您。"

"那就谢谢了。"

可近子没有等文子，迅速走向水房。

水房传来了水声。"文子小姐，算了吧，别和她一起回去。"菊治小声说。

文子摇了摇头说："我害怕。"

"没什么好怕的。"

"我害怕嘛。"

"既然如此，你和她一起过去之后就甩掉她。"

文子又摇了摇头，起身抻平了夏装膝盖后面的皱褶。

菊治似乎要从下面伸出手，他以为文子会站不稳。文子脸上浮起一片红潮。

刚才近子说起怀表的事，让她眼圈微微泛红，那份羞耻仿佛突然绽放了。

文子抱着志野陶水壶走进水房。

"哎呀，还是拿上了令堂的东西吗？"水房里传来近子嘶哑的声音。

双重星

一

栗本近子来到菊治家，说文子和稻村家的小姐都结婚了。

现在是夏天，天直到八点半左右还亮着，菊治吃过晚饭后，悠闲地躺在走廊上，看着女仆买来的萤火虫笼。不知不觉间，发白的萤火微微发黄，天也黑了。可菊治并没有起身开灯。

他跟公司请了四五天暑假，住在野尻湖一位朋友的别墅，今天刚刚回来。

朋友结婚生了孩子。菊治对婴儿不熟悉，不知道婴儿生下来几天了，体型算大还是算小，不知该如何寒暄，只说了句"长得真好。"

结果朋友的妻子回答："可不是这样的。孩子刚生下来的时候很小，看着让人心疼，不过最近长大了不少。"

菊治在婴儿面前挥了挥手说："没有眨眼睛啊。"

"孩子虽然能看见，不过再过些时候才会眨眼呢。"

菊治以为婴儿已经好几个月大了，其实才刚过百天。于是可以理解那位年轻的妻子头发稀疏，脸色也有些苍白，还带着几分产后疲惫的样子了。

朋友夫妇的生活完全以婴儿为中心，全都围着婴儿转，菊治觉得自己是多余的，可是坐上回程的火车后，朋友妻子那副温顺的样子，脸上没有生机的憔悴，茫然地抱着婴儿的纤细身影始终在菊治脑海中挥之不去。

就连回到家后，躺在走廊上的此时此刻，朋友妻子的身影依然让他心中涌起一股伤感，仿佛可以说是神圣的悲哀。

就在这时，近子来了。

近子毫不客气地走进房间说："哎呀呀，这么黑的地方。"

然后她在菊治脚边的走廊上坐下来。

"单身汉真可怜，要是躺着不动，连个帮忙开灯的人都没有。"

菊治缩回双腿。保持这个姿势躺了一会儿，一脸不悦地坐了起来。

"你就躺着吧。"近子用右手招呼菊治躺下，然后又正儿八经地寒暄了几句，说她去京都回来的路上顺便去了趟箱根。她在京都的茶道宗家见到了茶具师傅大泉。

"我们好久没见，说了好多令尊的事情。他说要带我去三谷先生住过的旅馆，于是我们就去了一家位于木屋町的小旅馆。令尊和太田夫人都在那里住过。大泉不是说让我住在那儿吗？他说这话还真是迟钝。就算是我，想到令尊和太田夫人都不在了，夜里说不定也会不舒服的。"

菊治没说话，觉得能说出这番话的近子才迟钝。

"菊治少爷，你也去了野尻湖吧？"

近子的口气像是明知故问。她刚进家门就问过女仆，没等通报就进来了，这就是近子的做派。

"我刚回来。"菊治不高兴地说。

"我是三四天前回来的。"近子一板一眼地说,猛地耸起左边肩膀说:"不过啊,我回来一看,出了件遗憾的事,让我大吃一惊。是我太疏忽,都没脸来见菊治少爷了。"

近子说稻村家的小姐结婚了。

幸好走廊光线昏暗,看不清菊治惊讶的表情,他装作一副若无其事地问:"是吗?什么时候的事?"

"你说得这么冷静,就像事不关己一样。"近子讽刺地说。

"毕竟关于雪子小姐的婚事,我跟你拒绝过好几次。"

"你就是嘴上说说,想在我面前摆出那副姿态罢了。你从一开始就没有兴趣,觉得我这个啰唆的老太婆多管闲事,纠缠不休,感觉不舒服。可是那位小姐很不错。"

"你在说什么啊。"菊治笑了出来。

"你喜欢稻村小姐吧。"

"是位不错的小姐。"

"我早就看透你了。"

听说稻村小姐结婚之后,菊治还是觉得受到了打击,心中涌起强烈的渴望,开始勾勒出小姐的面庞。

菊治只见过雪子两面。

在圆觉寺的茶会上,近子为了让菊治看看雪子,特意让雪子点茶。雪子点茶的动作自然而优雅,菊治还记得纸拉门上映着嫩叶的影子,将雪子的长袖和服肩膀和袖口,甚至头发都衬托得越发明亮,可是他却难以回忆起雪子的面孔。那时雪子拿的红色方绸巾，还有她走向寺院深处的茶室时穿的粉色绉绸和服、绣着白色千只鹤的包袱如今依然能清晰地浮现在眼前。

后来，雪子来过菊治家一次，是近子点的茶。第二天，菊治甚至依然能够感受到小姐留在茶室中的芬芳，小姐那条画着菖蒲的腰带也依然历历在目，却很难捕捉到她的面容。

菊治甚至没办法明确描摹出三四年前去世的父母的容颜。看到照片后，才会觉得他们原来长这样啊。或许越是亲近爱慕的人，越难以在脑海中描摹，而越是丑陋的事物，越容易留下明确的记忆。

虽然菊治对雪子的眼睛和脸颊只留下光彩照人的抽象记忆，却对近子乳房到心窝的痣留下了具体的记忆，那痣就像癞蛤蟆一样。

尽管现在走廊光线昏暗，菊治也知道近子多半穿着那件小千古的绉绸长衬衫，明明就算在明亮的地方，也透不出胸口的痣，可菊治却能凭借记忆看见那片痣。正是因为在暗处看不见，反而更加清晰。

"既然是位不错的小姐，就没有放过的道理。这个世界上只有一个稻村雪子啊。就算花一生时间去寻找，也找不到一模一样的人了。这么简单的道理，菊治少爷还不明白啊。"近子用责备的口吻说，"你经验太少，要求太高。这下子，菊治少爷和雪子小姐两个人的人生都变了。小姐愿意和菊治少爷成亲，现在却嫁给了别人，要是她过得不幸福，可不能说菊治少爷没有责任啊。"

菊治没有回答。

"你好好看过那位小姐了吧。你希望她在几年后想起你,心里感到后悔,觉得要是嫁给菊治少爷就好了吗?"近子的声音里充满恶意。

既然雪子已经结婚了,近子为什么要说这些多余的话呢?

"都这个时候了,还有萤火虫笼啊?"近子探出头说,"都快到秋虫笼上市的时节了吧,竟然还有萤火虫,就像幽灵一样。"

"大概是女仆买来的吧。"

"女仆就是这样的人。要是菊治少爷还在研习茶道,就不会有这种事了。日本是讲究季节的。"

听了近子的话,萤火在菊治眼中也带上了几分幽灵的感觉。他想起野尻湖岸边的虫鸣。现在还有萤火虫,确实不可思议。

"要是夫人还在,就不会让寂寥的过时感出现了。"近子仿佛突然悲伤起来,"我撮合你和稻村家的小姐,是想为令尊效劳。"

"效劳?"

"对。可是,就连太田家的文子小姐都结婚了,可菊治少爷还依然躺在黑暗中看萤火虫。不是吗?"

"什么时候?"

比起听到雪子结婚,菊治对此事更加吃惊,就像被人使了绊子。他没打算掩盖这份惊讶,近子也看出来菊治觉得这事不该发生。

"我从京都回来之后也大吃一惊。两个人就像约好了似的,风风火火地结了婚,年轻人真是草率。"近子说。

"我以为文子小姐嫁了人,就不会来妨碍菊治少爷了,结果那个时候稻村家的小姐不是已经结婚了嘛。连我在稻村家都颜面尽失，都怪菊治少爷优柔寡断。"

可是菊治依然不相信文子已经结婚了。

"太田夫人果然到死都在妨碍菊治少爷啊。不过，既然文子小姐结婚了，太田夫人的魔性也该从这个家里退散了吧。"

近子看向院子。

"这下就清爽了，院子里的树也该打理打理。就连在黑暗中都能看出枝叶随意疯长，看得人心里阴沉沉的。"

父亲死后四年，菊治从来没有找过花匠。光从夏日余热的气息中就能感受到，院子里的树长得多么自由。

"女仆连水都不会浇吧，这种小事还是要吩咐她吗？"

"你这是多管闲事。"

可菊治虽然对近子说的话频频皱眉，却是一副随她去说的态度。见到近子时，他总是这样。

近子一边说着讨人嫌的话，一边希望讨好菊治，还想试探菊治。菊治已经习惯了她的态度。菊治会在表面上反驳，也会暗暗警惕。近子明明知道，却总是佯作不知，有时也会露出什么都明白的表情。

而且近子很少会说出菊治意想不到的刁难，而是不断说出菊治自我厌恶的一面会想到的事情。

今天晚上同样如此，近子跟菊治说了雪子和文子结婚的事，想试探他的反应。菊治不知道原因，不能大意。近子想撮合雪子和菊治，想将文子从菊治身边推开，可是既然两位小姐都已经结婚，之后无论菊治怎么想，都没有近子出场的机会了，可她仿佛依然对菊治内心的阴影紧追不放。

菊治起身，想去开客厅和走廊的灯。回过神来才发觉，在黑暗中和近子说话很诡异，他们的关系并没有那么亲密。哪怕近子甚至会关心院子里的树木，在菊治听来也只是她平时的一贯做派，不以为意。不过菊治要为了开灯起身，总是件麻烦事。

近子走进房间后尽管嘴上说着开灯的事，却并没有主动起身去开。本来为这些小事操心是近子的习性，也是她的职业习惯，由此可见她有多么不想为菊治做事。或者是因为近子年龄大了，多少有了些茶道师傅的派头。

"下面这话只是京都的大泉托我带的口信。如果你有什么茶具想出手，请交给他来办。"近子平静地说，"既然让稻村家的小姐跑了，菊治少爷要是打算加把劲儿重新开始新生活，茶具或许都用不到了。虽然令尊在世时的茶具没用了，我觉得挺凄凉，不过我每次来这里，还是会给茶室通通风的。"

菊治终于明白了。

近子的目的很露骨。既然没能让菊治和雪子结婚，她就放弃了菊治，最后和古董店的人合起伙来想拿走茶具吧，她恐怕已经在京都和大泉商量好了。

比起气愤，菊治反而觉得松了一口气。

"既然我都打算卖房子了，也许再过不久就要拜托他了。"

"毕竟是从令尊那一代就经常来往的人，无论如何还请你放心。"近子加了一句。

菊治觉得近子应该比自己更熟悉家里的茶具,她或许已经在心里打好了算盘。

菊治看着茶室。茶室前种着一棵大夹竹桃,满树白花盛开。那里只有一片朦胧的白色,黑夜中,天空和树木的界限都难以区分。

下班时,菊治正打算离开办公室,又被电话叫了回来。

"我是文子。"电话里传来小小的声音。

"那个,我是三谷……"

"我是文子。"

"嗯,我知道的。"

"很抱歉给您打这个电话,可要是不在电话里道歉就来不及了。"

"什么?"

"其实,我昨天给您写了信,结果忘记贴邮票了。"

"啊?我还没有收到……"

"我在邮局买了十张邮票,把信寄出去后回家一看,十张邮票都在,我太迷糊了。就想着要怎么在信寄到前跟您道歉……"

"这种小事不用在意……"菊治一边回答一边想,那封信或许是结婚通知吧。

"是值得庆祝的信吗？"

"嗯？以前总是打电话和您说话，这是我第一次写信，一直在犹豫寄出去究竟好不好，结果就忘记贴邮票了。"

"你现在在哪里？"

"公用电话亭，东京站里的，后面还有人在外面排队呢。"

"公用电话吗？"菊治有些纳闷儿，不过还是说，"恭喜你。"

"哎呀？托您的福，总算安顿下来了……可是，您是怎么知道的？"

"是栗本告诉我的。"

"栗本师父？她是怎么知道的，真是个可怕的人。"

"不过你已经不会再见她了吧？前一次在电话里还听到了暴雨的声音。"

"您说过的。当时我搬到朋友家，还说不知道该不该通知您，犹豫该如何是好呢，这次也是一样的情况。"

"你要是能通知我就太好了。我从栗本那里听到消息后，都不知道该不该祝贺你呢。"

"要是就此消失，就太寂寞了。"那即将消失一般的声音很像她的母亲。

菊治忽然沉默了。

"也许有不得不消失的理由吧……"

过了一会儿，文子说："是一间六叠大小的破房子，和工作同时找到的。"

"啊?"

"从最热的时候开始工作,实在是累啊。"

"是啊,而且新婚宴尔……"

"什么?结婚?您说结婚吗?"

"恭喜你。"

"什么?我吗?真讨厌。"

"你结婚了吧。"

"啊?我结婚?"

"你没结婚吗?"

"没有。我现在怎么会有心情结婚?出了那种事,母亲刚去世……"

"啊。"

"是栗本师父说的吗?"

"对。"

"为什么啊,我不明白。她的话您也相信吗?"

文子是在问菊治,也是在问自己。

菊治急忙斩钉截铁地说:"在电话里说不清,我能见见你吗?"

"好。"

"我这就去东京站,你在那儿等我。"

"可是……"

"或者找个地方会合?"

"我不想在外面碰头,我去您家里吧。"

"那我们一起回去吧?"

"要是一起回去,还是要碰头啊。"

"你不先来我公司吗?"

"不,我自己去吧。"

"这样啊,我也马上回家,要是你先到,就进屋里坐。"

如果文子从东京站坐车,就会比菊治先到。不过菊治觉得两人可能会坐同一班车,于是在人山人海的车站边走边找。

果然是文子先到的。

听女仆说人在院子里,菊治也从大门旁边走进院子。文子正坐在白色夹竹桃树荫下的石头上。

在近子来过之后的四五天里,女仆会在菊治回家前给树木浇水。院子里的旧水龙头还能用。

文子坐着的石头下边看起来还湿着。如果有厚实的绿叶和红花,夹竹桃本该是盛开在炎热天气里的花,可那棵树上开着白花,就显得分外凉爽了。花簇轻轻摇曳,包裹着文子的身影。文子穿着雪白的棉质衣服,翻领和口袋边用深蓝色的布钩了一条细边。

夕阳从文子身后的夹竹桃上洒向菊治面前。

"欢迎。"菊治亲切地走近。

文子想在菊治开口前说些什么,可只说了一句:"刚才在电话里……"然后她缩了缩肩膀,像是要转身一样站了起来,似乎要等菊治走近后拉住他的手。

"您刚才在电话里说了那件事,所以我来拜访,来澄清……"

"结婚的事吗?我也吃了一惊。"

"为哪件事?"文子垂下眼睛。

"要说哪件事,我两次都很吃惊,听说你结婚的时候和听说你没有结婚的时候都是。"

"两次都是吗?"

"当然了。"

菊治沿着踏脚石走着:"现在进去怎么样?你刚才要是进屋等着就好了。"他说着在走廊边坐下,"前一阵我旅行回来,在这里休息的时候,栗本就来了,是个晚上。"

女仆在屋里叫菊治,应该是他离开公司时打电话让女仆做的晚饭好了。菊治站起身,顺便换上了一身白色上等麻布衣服。

文子似乎也补了妆。她等菊治坐下后说:"栗本师父是怎么说的?"

"她只说听说文子小姐也结婚了……"

"于是您就相信了?"

"我没想到她会撒这种谎……"

"您都没有怀疑?"文子那双乌黑的大眼睛立刻盈满了泪水,"我如今怎么能结婚呢?您觉得我能做出这种事吗?母亲和我都很痛苦,很悲伤,痛苦和悲伤明明还没消失……"

这番话在菊治听来,仿佛文子的母亲还在人世。

"母亲和我都容易承别人的情,也相信别人都理解自己。这是在做梦吧？只是在自己内心的水镜里照出了自己而已……"文子泣不成声。

菊治沉默片刻后说："前一阵子，是我问的你，你觉得我现在能结婚吗？就在下暴雨那天……"

"打雷的那天？"

"对，今天你反过来问了我。"

"不是，那是……"

"你总是说我应该要结婚了。"

"这种事情，三谷少爷和我完全不一样啊。"文子用盈满泪水的眼睛盯着菊治。

"怎么不一样。"

"身份也不一样……"

"身份？"

"对，我们身份不同。不过如果不说身份，就是身上背负的黑暗了吧。"

"也就是说，谁的罪孽更深？应该是我吧。"

"不。"文子使劲摇了摇头，泪水夺眶而出。可是没想到，一滴泪离开了左边眼角，落在耳朵附近。

"罪孽已经由我母亲背负着死去了。可是，我不觉得那是罪孽，只是母亲的悲伤吧。"

菊治低下头。

"罪孽或许没有消失的时候，可悲伤会过去。"

"可是文子小姐说到身上背负的黑暗,不是让令堂的死变得黑暗了吗?"

"还是说成沉重的悲伤更好吧。"

"沉重的悲伤……"菊治想说,那和沉重的爱一样吧,却放弃了。

"比起那种事,三谷少爷和雪子小姐有婚约嘛,和我不一样。"文子似乎想将话题带回现实,"栗本师父好像觉得是我母亲妨碍了您的婚事。她说我结婚了,也是因为觉得我妨碍到您了。只能这样想。"

"可是她说稻村小姐也结婚了。"

文子的表情仿佛松了一口气,却又使劲儿摇了摇头:"说谎,那是谎话吧。那肯定也是谎话。什么时候的事?"

"你说稻村小姐的婚礼吗?应该是最近吧。"

"肯定是谎话。"

"她告诉我雪子小姐和文子小姐都结婚了,反而让我觉得你结婚也是真的了。"菊治低声说,"可是说不定雪子小姐真的结婚了。"

"她说谎。没人会在这么热的时候结婚,只能穿单层和服,而且会出汗。"

"是吗,没有在夏天举办的婚礼的吗?"

"嗯,几乎没有……虽然不是没有,不过会将仪式延到秋天的……"不知为何,文子眼中又盈满泪水,落在膝头,她低头盯着自己的泪痕。

"可是，栗本师父为什么要说这种谎呢？"

"我完全被她骗到了。"菊治也说。

可这事为什么会让文子流泪呢？

至少，他现在确定文子结婚是谎言了。

菊治怀疑，说不定雪子真的结婚了，现在为了让文子远离菊治，近子才对他说文子也结婚了。

可要是这样，他还是没办法完全理解，依然认为雪子小姐结婚也是谎言。

"总之，在不知道雪子小姐是不是真的结婚之前，不能知道栗本在耍什么恶作剧。"

"恶作剧……"

"嗯，肯定是恶作剧吧。"

"可是，要是我今天没有给您打电话，您就会以为我结婚了吧？真是过分的恶作剧啊。"

女仆又来叫菊治。

菊治从屋里拿了一封信回来，打算随手拆开信封："文子小姐的信到了，没贴邮票……"

"不不不，请不要看……"

"为什么？"

"不要，请还给我。"文子膝行向前，想从菊治手中取回信，"还给我。"

菊治突然把手藏在背后。

文子的左手顺势撑住菊治的膝盖，右手想夺回信。由于左手和右手朝着相反的方向移动，她失去了平衡。尽管左手在背后撑住，想避免身体倒向菊治，可她的右手依然想抓住菊治背后的信，使劲儿向前伸出。文子的身体扭向右边，侧脸险些跌到菊治的肚子上。文子柔软地躲开了，就连撑在菊治膝盖上的右手都只是轻轻地碰到。这么轻柔的接触怎么能支撑住向右扭曲的上半身呢？

见文子就要靠上来，菊治的身体猛地僵住了，他没想到文子的身子这么柔韧，险些喊出声来。他强烈地感受到女人的气息，感受到文子的母亲太田夫人。

文子是在哪个瞬间躲开身子的呢？她的柔韧度简直不可思议，仿佛是女人本能的秘术。就在菊治以为文子的重量会狠狠压上来时，却仿佛只有一股温暖的香气靠近。

香气很浓郁。夏天，从早到晚工作的女人的体味变得浓烈。菊治感受着文子的味道，果然感受到了太田夫人的味道，那是太田夫人拥抱的味道。

"哎呀，还给你。"菊治没有反抗。

"我要撕掉它。"文子转向一旁，细细撕碎了自己的信。脖子和裸露的手臂上都布满汗水。

文子在即将跌倒时扭过身子，脸色瞬间变得苍白，坐好后又泛起红潮，似乎就是在那段过程中出了一层薄汗。

三

附近饭馆送来的晚饭是常规的菜色，没什么滋味。

菊治面前摆的是志野陶茶杯。和往常一样，是女仆拿出来的。

菊治突然意识到时，文子已经盯着茶杯说："哎呀，那个茶杯，您在用吗？"

"嗯。"

"真难办。"文子似乎不像菊治那样感到羞耻，"我后悔给您送这东西了。信上还稍微提了几句。"

"提了什么？"

"您问提了什么，其实只是道歉而已，给您送了不值钱的东西……"

"这不是不值钱的东西。"

"不是什么上等志野陶，我母亲平时都只是把它当成茶杯用。"

"我不懂陶器，这不是挺好的志野陶吗？"菊治拿起筒状茶碗端详。

"可是，更好的志野陶要多少有多少。您用着它，想起其他的茶杯，会觉得还是别的志野陶好吧……"

"我家里没有小的志野陶茶杯。"

"就算您家里没有，在别处也会看到吧？要是您用着它，想起其他的茶杯，会觉得还是别的志野陶好，我和母亲都会伤心的。"

菊治深吸一口气："既然我已经和茶道无缘，也不会再看到茶杯了。"

"可是，说不定就有什么机会能看到。就算在以前，您也曾看见过更好的志野陶吧？"

"照你这样说，不就只能送出最好的东西了嘛。"

"是啊，"文子坚定地抬起头，眼神直直盯着菊治，"我是这样想的，在信里也写了，请你把那只志野陶茶杯打碎扔掉。"

"打碎？这只茶杯吗？"

面对咄咄逼人的文子，菊治想要蒙混过关。

"既然是志野的旧瓷窑烧制的，就是三四百年前的作品了吧。一开始或许是盛放凉菜的器皿，既不是茶杯也不是茶碗，不过做小茶杯用的历史恐怕也不短了，是古人珍重地传到现在的，说不定还有人装进旅行的茶具箱里走过很远的路。是啊，不能因为文子小姐任性就打碎。"

茶杯的杯口还沾上了文子母亲的口红。

听说母亲告诉文子，口红沾在杯口后，擦也擦不干净，菊治拿到这只志野陶后，也清洗了杯口格外脏的一处，却洗不干净。污渍当然不是口红的颜色，而是浅褐色，带着隐隐的红，并非不能看成口红陈旧褪色后的颜色。不过，也可能是志野陶本身微微发红。而且如果当成茶杯用，杯口的位置是固定的，因此或许是文子母亲之前的那个主人的嘴唇留下的污渍。可是，平时将它作为茶杯的太田夫人是用得最多的人吧。

是太田夫人自己想将它当成茶杯来用的吗？还是菊治的父亲想到

后让夫人用的呢？菊治也想到了这一点。

他还怀疑太田夫人将那对黑色和红色的了入筒状茶碗当成了夫妻杯，和菊治的父亲一起使用。

父亲让太田夫人将志野陶水壶当成花瓶，插进玫瑰和康乃馨，让她将志野陶的筒状茶碗当成茶杯，父亲有时也会把太田夫人当成美本身吧。

两人死后，水壶和筒状茶碗都来到了菊治身边，文子也来了。

"我不是任性，是真的希望您把它打碎。"文子说。

"您愉快地收下了我送的水壶，我想到家里还有一个志野陶，就顺便把那只茶杯送给您了，可后来又觉得不好意思。"

"那只志野陶不该被当成茶杯来用吧，真的太可惜了……"

"可是，更好的志野陶要多少有多少啊。要是您在用着它的时候想到其他上等志野陶，我会不好受的。"

"这就是你说的，只能送人最好的东西？"

"要看对象和场合。"

菊治深受震撼。

文子是不是觉得，菊治会凭借太田夫人的遗物回忆起夫人和文子，或者想要更亲近地接触遗物，那么这件遗物就必须是最好的呢？

菊治明白了文子的话，她一心希望只有最好的杰作才能成为母亲的遗物。

这正是文子最强烈的感情吧，水壶就是证据。

志野陶冰冷而温柔的光泽表面让菊治想起了太田夫人本人。可是其中并没有伴随罪孽的阴暗和丑陋，或许也是因为那只水壶是杰作吧。

每次看到身为杰作的遗物，菊治就会越发觉得太田夫人是女人中的最高杰作。杰作是没有污点的。

暴雨那天，菊治在电话里说看到水壶就会想见文子。因为是打电话，所以他才能说出口。听了他的话，文子说家里还有一只志野陶，于是将筒状茶碗带到了菊治家。

这只筒状茶碗确实不是像水壶那样的杰作吧。

"我父亲也有一只旅行用的茶具箱……"菊治想起来，"里面放的一定是比这件志野陶品质更差的茶碗吧。"

"是什么样的茶碗？"

"不知道，我没见过。"

"真想见见。令尊用的一定是好东西。"文子说，"如果这只茶碗不如令尊的好，就可以打碎它了吧？"

"真危险。"

饭后吃西瓜，文子熟练地去掉西瓜子，又催促菊治说想看看那只茶碗。

菊治让女仆打开茶室，他走进院子，打算去找茶具箱，结果文子也跟了过来。

"我不知道在什么地方，栗本比我更清楚……"菊治转过身说。文子站在盛开的白色夹竹桃树的花荫下，露出穿着袜子和庭院木屐的脚。

茶具箱在水房旁边的架子上。

菊治走进茶室，把茶具箱放在文子面前。文子以为菊治会帮她打开包裹，于是端端正正地坐好等待着，过了一会儿才伸出手。

"我要看了。"

"积了一层灰啊。"

菊治捏着文子解开的包袱，起身伸进院子里拍了拍。

"水房的架子上有蝉的尸体，有好多虫子。"

"茶室很干净啊。"

"对，前阵子栗本打扫过了。就在她来告诉我文子小姐和稻村雪子小姐都结婚了的时候。因为是晚上，估计把蝉关进去了。"

文子从箱子里取出茶碗形状的包裹，深深弯下腰，解开带子时，指尖在微微颤抖。

文子圆润的双肩向前倾斜，菊治从侧面俯视，她修长的脖子更加醒目。

微微突起的下唇严肃地紧闭着，和丰满素净的耳垂都显得楚楚可人。

"是唐津陶。"文子抬头看着菊治。

菊治也在她身边坐下。

文子把茶碗放在榻榻米上说："是上等茶碗啊。"

确实是一只小唐津陶，是可以当成茶杯用的筒状茶碗。

"强大、凛然，比那只志野陶漂亮得多。"

"志野和唐津没办法比较吧？"

"可是放在一起就明白了啊。"

菊治也被唐津陶的力量吸引,把它放在膝头端详:"那我把志野陶拿过来看看。"

"我去取。"文子起身离开。

志野和唐津两只茶碗并排放好后,菊治和文子偶然对上了目光,然后同时看向茶碗。

菊治慌慌张张地说:"是男茶碗和女茶碗,这样摆在一起……"

文子点了点头,似乎说不出话来。

菊治也觉得自己的话听起来有些奇怪。

唐津陶没有花纹,是素色茶碗。略带黄色的绿里带着一抹红,形态端庄。

"连出门旅行时都带上,令尊很喜欢这只茶碗吧?是令尊的风格。"

文子似乎没有发现这番言论很危险。

菊治说不出志野陶茶碗很有文子母亲的风格。可是两只茶碗就像菊治父亲和文子母亲的心魂,并排摆在这里。

三四百年前的茶碗姿态健全,不会激发出病态的妄想,可是它们充满生命力的姿态甚至是性感的。

菊治将自己的父亲和文子的母亲看成两只茶碗,觉得两个美好的灵魂就摆在眼前。

而且茶碗的姿态是现实的,自己和文子将茶碗放在中间相对而坐时,两人的现实仿佛也变得纯洁无瑕。

在太田夫人过完头七的第二天，菊治甚至对文子说过，两人相对而坐或许是件可怕的事，可如今，茶碗光洁的表面是不是连他对这份罪孽的恐惧都拂去了呢？

"真美呀。"菊治自言自语一样地说，"父亲或许是靠摆弄这些与他不相称的茶碗，麻痹充满各种罪孽的心吧。"

"嗯？"

"可是看着这只茶碗，我却想不到原主人的坏处。父亲的寿命太短，甚至只是这只传世茶碗的几分之一……"

"死亡就在我们脚边，真可怕。我想着明明自己脚边就有死亡，不能总是沉沦在母亲的死亡中，也做了很多事情。"

"是啊，要是被已死之人缠住，就会觉得自己也不存在于这个世界了。"菊治说。

女仆拿来了铁壶等茶具。

大概是觉得菊治他们在茶室坐了很久，需要茶水吧。

菊治推荐文子用这里的唐津陶和志野陶茶碗，像出门旅行时一样点茶。

文子坦率地点了点头说："在打碎母亲的志野陶前，为了留作纪念，要用它做一次茶碗吗？"说着从茶具箱里取出圆筒竹刷，去水房里清洗。

夏季天长，天还没有黑。

"就当成旅行……"文子一边用小茶杯和小圆筒竹刷一边说。

"既然是旅行，是什么地方的旅馆呢？"

"不一定非要在旅馆,或许是河边,或许是山上。我打算用山谷里的河水,冷一点的水比较好吧……"

文子举起圆筒竹刷时,同时抬起乌黑的眼睛瞥了菊治一眼,不过她马上在手心里开始转动唐津陶茶碗,将视线集中在茶碗上了。

接下来,文子的目光和茶碗一起来到菊治的膝盖前。

菊治觉得文子也随着她的视线来到了自己身边。

这一次,文子把母亲的志野陶摆在面前,圆筒竹刷一下下碰到茶碗边缘,文子停下了手上的动作。

"真难。"

"小杯子不好点茶吧。"菊治说。文子的手腕在颤抖。

而且她一旦停下动作,就没有继续在小小的筒状茶碗里转动圆筒竹刷了。

文子盯着僵硬的手腕,始终垂着头。

"母亲不让我点茶。"

"嗯?"

菊治猛地站起身抓住文子的肩膀,仿佛要帮助被咒语束缚而无法动弹的人站起来。

文子没有反抗。

四

菊治怎么也睡不着,等到防雨窗的缝隙中透进光亮后,就向茶室走去。

洗手盆前面的石头上果然散落着志野陶碎片。

他将四片大碎片在掌心合拢成茶碗的形状,可是缺了杯口,缺口有拇指大小。

菊治在石头间寻找那一片碎片,却很快就放弃了。

他抬起头,东边的树木间,一颗大大的星星在闪光。

菊治已经很多年没见过黎明时的启明星了。他一边想一边起身张望,空中飘着云朵。

星星在云朵中熠熠生辉,看起来似乎更大了一些,光芒边缘仿佛被水濡湿。

面对璀璨的星星,菊治觉得拼凑茶碗的碎片这种事真可怜,顺手将碎片扔到一旁。

昨天晚上,菊治阻止后没多久,文子就把茶碗打碎在洗手盆上。

文子仿佛即将消失一般走出茶室,菊治没有注意到她手里拿着茶碗。

"啊。"菊治叫了一声。

可是他没有在石头昏暗的阴影里寻找茶碗的碎片,而是扶住了文子的肩膀。因为文子保持着砸碎茶碗的姿势蹲在洗手盆前,仿佛要倒在洗手盆前。

"还有更好的志野陶。"文子嘟囔着。

菊治将这只茶碗和更好的志野陶做比较,会让她觉得伤心吗?

后来,菊治在无法入睡的过程中,体会到了文子那句话中深刻的悲伤和纯洁。

等到院子里光线亮起,他便出门寻找打碎的茶碗。

可是看到星星,他又扔掉了捡起的碎片。

然后菊治抬起头,叫了一声。

天上没有星星。就在菊治看向被扔掉的碎片的一瞬间,云朵遮住了明亮的启明星。

菊治久久眺望着东边的星空,仿佛有什么东西被夺走了。

云朵并不厚,却不知道星星在哪里。云朵消失在天空边缘,擦过城镇的屋顶,边缘的浅红逐渐变深。

"不能扔在这里。"菊治自言自语地说,又捡起志野陶的碎片装进了睡衣里。

就这样扔掉太可怜了,还要担心栗本近子来了之后盘问。

文子打碎茶碗时就像钻了牛角尖,所以没有保存碎片,菊治想过将碎片埋在洗手盆旁边,不过还是暂时用纸包好放进了壁橱,然后又钻进被窝。

文子究竟在担心什么,担心菊治什么时候将这只志野陶茶碗和什么东西比较吗?

菊治也在怀疑,这份担心是从何而来?

更何况昨天晚上和今天早晨,他从来没想过要将文子和什么人做比较。

对菊治来说，文子是无与伦比的绝对存在，是命中注定。

在此之前，菊治始终把文子当成太田夫人的女儿，如今却已经忘记了这件事。

母亲的体态微妙地转移到了女儿身上，引诱菊治做了奇怪的梦，这种情况如今反而消失得无影无踪。

时隔许久，菊治终于走出黑暗丑陋的幕布。

是文子纯洁的伤痛治愈了菊治吗？

那不是文子的反抗，只有纯洁本身的反抗。

尽管纯洁才应该是让他坠入束缚和麻痹深渊的东西，可菊治反而感到自己从束缚和麻痹中解脱了。就像在最后大量服用能导致中毒的毒药，结果引发了奇迹，毒药变成了解药。

菊治来到公司后，给文子的店里打了电话。文子在神田的呢绒批发店工作。

文子还没有去店里。尽管菊治一夜未能入眠，早早就出了门，但也许文子一觉睡到大天亮呢。菊治觉得她可能会因为羞耻，今天一天都不出门。

下午，菊治又打了一个电话，文子还是没接，于是菊治向店员打听了文子的住处。

昨天的信上应该写了文子搬家后的住址，可信还没拆，就被文子撕破装进了口袋。吃晚饭时提到工作的事，菊治记住了那家呢绒批发店的名字。却忘了问她住在那里，因为文子仿佛已经搬到了菊治的身体里。

在从公司回家的路上，菊治找到了文子借住的房子，在上野公园后面。

一个穿水手服的十二三岁少女似乎刚从学校回来，她为菊治开门后进去了一趟，回来说："太田小姐今天早上说要和朋友出门旅行，不在家。"

"旅行？"菊治反问，"她去旅行了吗？今天早上几点走的？她说要去哪里？"

少女又走进房间，这次回来后站在稍远的地方，似乎有些害怕地说："不太清楚，我母亲不在家……"女孩的眉毛很稀疏。

菊治出门后又回头看了看，没有找到文子的房间。院子很小，是一间不大的二层小楼。

文子说死亡就在脚边，这句话让菊治腿脚发麻。

他拿出手帕擦了擦脸，越擦脸色越差，于是更加起劲儿地擦了擦。手帕湿了，变成淡淡的黑色。他还感觉到背后的凉意，是汗水浸湿了背部。

菊治对自己说："她不会死的。"

文子让菊治有勇气重生，她就不会死去。

可是，昨天文子的坦率难道不是出于死前的豁达吗？

还是说她的坦率是出于恐惧，害怕成为和母亲一样罪孽深重的女人?

"留栗本一个人活下去……"菊治像是在朝假想敌吐露恶意,匆匆走向公园的树荫里。

》波千鸟

波千鸟

一

来热海站迎接的车子穿过伊豆山,不久后,就绕着圈朝海边开去。汽车驶入旅馆的院子,大门口的灯光渐渐靠近倾斜的车窗。

掌柜在门口等待,一边打开车门一边说:"您是三谷太太吧?"

"是。"雪子轻声回答。车子横在路边,因为雪子的座位离门口更近,所以掌柜的先招呼了她,不过今天刚刚举行完婚礼,这还是第一次有人叫她三谷太太。

雪子犹豫片刻,还是率先下了车。她回头看了看车里,等着菊治。

菊治刚准备脱鞋,掌柜说:"茶室已经准备好了。栗本老师打过电话。"

"什么?"

菊治突然在低矮的大门口坐下。女仆急忙拿着坐垫跑到他身边。

菊治脑海中浮现出覆盖在近子心口到乳房上的痣，仿佛是恶魔的手印。他解开鞋带抬起头，仿佛看见了一只黑手。

菊治去年卖掉房子，也处理了茶具，从那以后，他再也没有见过栗本近子，两人明明已经疏远了，可是他和雪子的婚姻背后果然还是有近子的斡旋吧。他完全没有想到，自己新婚旅行的旅馆房间是近子定好的。

菊治看着雪子的表情，雪子似乎并不在意掌柜的话。

两人从玄关穿过长长的游廊，被带往大海的方向。这条水泥建成的细长通路就像一条狭窄的隧道，中间有好几处楼梯，不知通向哪里。途中，别馆客厅就像旅馆的侧翼，道路尽头是茶室的后门。

两人被带到了一间八叠大小的房间，菊治正要脱下外套，感到雪子在身后接过，于是轻轻叫了一声，转过身去。这是雪子第一次做出妻子才会做的动作。桌腿边放着茶炉。

"那边的三叠正式茶席已经架好茶锅了……"掌柜放好两人的行李说，"虽然没什么好茶具。"

菊治吃了一惊："那边也有茶席吗？"

"是，加上这间大厅，一共有四间茶席。旅馆和在横滨三溪园时的布局一样，原封不动地搬过来了。"

"是吗？"

可是，菊治有些不明白。

"夫人，那边是茶席，方便的时候请用……"掌柜对雪子说。

雪子叠好自己的外套。

"我一会儿去看。"她答应着站起身,"大海真美,汽船上点着灯呢。"

"那是美国的军舰。"

"美国的军舰开进热海了?"菊治也站起身来。

"是小军舰。"

"有五艘呢。"

军舰的中间部分亮着红灯。

热海城市的灯光藏在小小的海角后,只有锦浦附近才能看到。

掌柜寒暄了几句,便和掛好煎茶的女仆一起离开了。

两人漫不经心地望着夜色中的大海,回到火盆旁边。

"真可怜。"雪子一边说一边拉过手提包,取出一朵玫瑰,将被压扁的花瓣展平。

从东京站出发时,雪子不好意思抱着花束坐车,便把花交给送行的人,只留下了一朵。

雪子将玫瑰放在桌上,然后看着桌上的贵重物品寄存袋说:"怎么办?"

"贵重物品吗?"菊治拿起玫瑰。

"玫瑰?"雪子看着菊治。

"不,我的贵重物品太大,袋子里放不下,没办法寄存。"

"为什么?"雪子说完,立刻想起了什么,"我也不寄存了。"

"放在哪里了?"

雪子好像没办法指向菊治,看着自己的胸口说:"在这里……"

然后再也没有抬起头来。

对面的茶室里传来水沸腾的声音。

"去看看茶室吗？"雪子点了点头。

"可我不想看。"

"可是，人家难得准备……"

走进茶室，雪子遵循礼法参观了壁龛。可菊治却站在门口的草席上一动不动，话中带着恶意，"虽说是特意准备的，其实不都是栗本打点的吗？"

雪子转身坐在炉子前。她坐的是点茶人的位置，膝盖冲着炉子，却一动不动，在等菊治说些什么。

菊治也靠近炉子保持正坐的姿势。

"我不想说这种话，可是在旅馆大门口听到栗本的名字，被吓了一跳。因为那个女人身上纠缠着我的罪孽和悔恨……"

雪子似乎点了点头。

"栗本现在还会去你家里吗？"

"去年夏天，她被我父亲骂了一顿，从那以后很长时间没来过了……"

"去年夏天？栗本跟我说你已经结婚了。"

"哎呀！"雪子像是想到了些什么，"肯定就是那个时候，师父又来替另一家说媒……我父亲勃然大怒，说从一个媒人那里只想听到一门亲事。那家不行就换这家，这种事情我们家女儿才不会做，不要愚弄我们。后来，我很感谢父亲。我能嫁给三谷少爷，也是靠父亲当时那番话吧。"

菊治没有说话。

"师父也不认输,说三谷少爷着了魔,还提起了太田夫人的事情。真讨厌,我当时浑身不停地发抖。为什么明明这么讨厌,却还是止不住颤抖呢?后来我想明白了,我还是想嫁给三谷少爷。但是,当时我在父亲和师父面前浑身发抖,真是痛苦。父亲大概是看到了我的脸色,对师父说:'冷水和热水都好喝,温吞吞的水就难喝了,你既然介绍我女儿见过三谷少爷,她就会有自己的判断。'然后让她离开了。"

浴室传来倒热水的声音,应该是负责准备洗澡水的人来了。

"虽然痛苦,但这是我自己做出的判断。所以不需要介意师父,我在这里也能心平气和地点茶。"雪子说完,抬起头来。眼睛里反射出小电灯般的光芒,红润的脸颊和嘴唇看起来也富有光泽。菊治从这张光彩照人的脸上感受到了难得的亲密爱意,仿佛触碰到美丽的火焰,却神奇地感到置身于温暖之中。

"雪子当时系的是菖蒲花的腰带,所以应该是去年五月前后吧。你来到我家的茶室,当时我觉得,你永远是身处远方的人。"

"因为我当时装模作样的,你看着挺痛苦的吧?"雪子露出微笑,"你还记得那条菖蒲花的腰带吗?那条腰带也装在行李里了,要送去我家里。"

雪子在自己身上和菊治身上都用了"痛苦"这个词,当雪子感到痛苦的时候,菊治正在拼命寻找文子的去向。因为他意外地收到了文子从九州竹田町寄来的长信,所以他还去竹田找了找。可是如今已经过去了大约一年半,他依然不知道文子在什么地方。

文子在信中娓娓道来,请菊治忘记母亲和自己,和稻村雪子结婚,那封信是文子在向菊治告别。仿佛文子和雪子交换,成为永远身处远方的人。

永远身处远方的人恐怕不存在于这个世界上吧,如今菊治在想,这种话不应该随便使用。

二

回到那件八叠大的房间时,桌上放着一本相册。菊治打开看了看,朝着雪子说:"哟,是这间茶室的照片。我还以为是来这里新婚旅行的人的相册呢,有些让人吃惊啊。"

相册的第一页贴着茶室的由来——这间寒月庵以前曾是江户十人众[①]里河村迂叟的茶室,搬到横滨三溪园后遭到空袭,屋顶被击穿,墙壁倒塌,门窗飞散,壁龛损毁。就在茶室即将以凄惨的姿态腐朽时,有幸在最近搬到了这座旅馆的院子里。因为是温泉旅馆,所以设有浴室,除此之外都保持了原本的房间布局,尽可能地利用旧建材重建了茶室。或许是因为战争结束时燃料不足,住在茶室附近的人们拆走荒

---

① 江户十人众:江户的十位富豪,负责管理幕府的财产。

废茶室的木材拿去当柴火,所以柱子上还留着柴刀的痕迹。

"听说大石内藏助①也来过这间茶庵?"雪子边看边说。

迂叟是赤穗藩的常客。另外,迂叟名唤残月的荞麦茶碗传到后世,被称为河村荞麦。半边淡青釉色半边浅黄釉色的景色成为晓空残月的象征。

相册里有几张茶室在三溪园遇到轰炸后的照片,后面按顺序记录了搬迁后从修缮到落成仪式上茶会的照片。

如果大石良雄曾来过这里,恐怕就是在元禄时代,寒月庵建成之后。

菊治环顾四周,这间房子用的几乎都是新木材。

"刚才那间茶席的壁龛柱子似乎是旧的。"

两人进入三叠大小的茶室里后,女仆关上了防雨窗,她应该是在那个时候去摆好了茶室的照片吧。

雪子一边反复欣赏相册一边说:"你不换衣服吗?"

"你呢?"

"我穿的是和服,就这样过去。你泡温泉的时候,我把收到的点心拿出来。"

浴室散发着新木的芳香。浴缸、淋浴处、墙壁和天花板的木板颜色都很柔和,是漂亮的直木纹。

女仆的说话声沿着长长的走廊越来越近。

---

① 大石内藏助:又名大石良雄,赤穗藩人,《忠臣藏》故事中的主角,杀死侮辱主人的恶人为主人报仇。

菊治从浴室回到房间时，雪子不在。

八叠房间里铺好了被褥，桌子也收到了一边。女仆在整理房间时，雪子大概避到了刚才那间三叠大小的茶室里。

"炉火的大小可以吗？"雪子从对面问。

"可以吧。"

菊治回答后，雪子很快出现了，她看着菊治，仿佛没有其他可看的地方。

"放松些了吗？"

"舒服吗？"菊治看着自己，他在旅馆的宽袖棉袍外套了一件短褂，"你快去吧，温泉很舒服。"

"好。"

雪子走向右手边的三叠茶室，似乎从旅行包里拿了些东西，然后打开八叠房间的纸拉门坐下，把化妆盒放在身后的走廊上，自然而然地双手伏地，红着脸行了一礼，然后摘下戒指，放在梳妆台上离开了。

菊治实在没想到雪子会这样行礼，险些叫出声来，觉得她楚楚可人。

菊治站起来看了看雪子的戒指。他没有碰婚戒，拿着墨西哥蛋白石回到了火盆旁边。在灯光下，宝石里升腾起红色、黄色、绿色的小小火焰，稍一动就会消失，然后重新燃起。透明宝石里忽明忽灭的摇曳火焰深深吸引了菊治。

雪子离开浴室，再次走进右手边的三叠茶室。

八叠房间的左手边隔着一条狭窄的走廊，有两间茶室，分别是三叠大小和四叠半大小，右边也有一间三叠大小的茶室。女仆将两人的旅行包放在了右边的茶室里。

　　雪子似乎在茶室里叠和服，过了一会儿，她说："你能过来一下吗？好吓人。"她站起身，将菊治所在的八叠房间和三叠茶室之间的纸拉门拉开了一尺宽左右的距离。

　　菊治也发现了，这四五间别馆远离主屋，只有他们两个人。

　　雪子望着有光线透出的房间，说："那边也是茶室？"

　　"对，大概是圆炉，木板里嵌着圆形铁炉……"

　　听到雪子的回答，菊治从纸拉门的一侧，只能看见她正在折叠的衬衣下摆在晃动。

　　"千鸟……"

　　"对，千鸟是冬天的鸟，所以我染了千鸟图案。"

　　"是波千鸟啊。"

　　"波千鸟？是波浪上的千鸟。"

　　"是叫夕波千鸟吧？不是有首和歌唱道'夕波千鸟若啼鸣……'"

　　"夕波千鸟？波浪上的千鸟图案是叫波千鸟吗？"雪子慢条斯理地问，千鸟图案的衣摆被她叠好，消失在菊治的视野中。

三

大概是驶过旅馆上方的火车声音突然吵醒了菊治。比起刚入夜的时候，车轮的轰鸣声听起来更近，汽笛也更尖锐，因此菊治明白现在还是深夜。

声音不大，不足以将人吵醒，可是比起被惊醒过来，更让菊治感到不可思议的是自己竟然睡着了。

他竟然比雪子睡得还早。

不过听着雪子平静的呼吸，他稍稍静下心来。

雪子也是因为婚礼前后的疲惫，总算睡下了吧。婚礼将近，菊治因为动摇和悔恨每晚夜不能眠，雪子一定也有让她睡不着觉的事情。

雪子就睡在自己身边，实在是不可思议，她平时身上的香味充盈着这里。

不知是什么牌子的香水，雪子的香味，雪子均匀的呼吸，还有雪子的戒指和波上千鸟的图案，仿佛一切都属于菊治了。这份亲密感甚至在半夜惊醒后的不安中也没有消失。菊治初次经历这样的情感。

可是，菊治没有勇气开灯看看雪子的样子，他拿起枕边的手表向洗手间走去。

"五点多啊。"

为何太田夫人和她的女儿文子身上存在的，令菊治自然而然的毫无抵抗的东西，在雪子身上却成了可怕而异常的东西呢？菊治为什么会有这种感觉？束缚住菊治的，是良心上的抗拒，还是对雪子的自卑心，抑或太田夫人和文子本身呢？

栗本说太田夫人是有魔性的女人，是近子预定了今晚的房间，这件事也让菊治有些不舒服。

他怀疑甚至连雪子穿上不习惯穿的和服都是遵循了近子的指示。

"为什么旅行不穿洋装呢？"菊治甚至在睡觉前若无其事地问出了口。

"只有今天。说是穿套装的话会有些扫兴，而且我前两次见到你都是在茶室，穿的都是和服。"

菊治没有再问是谁说的。他又想到，恐怕是栗本让雪子为了新婚旅行，将和服染成了千鸟图案。

"我刚才说的那首夕波千鸟的和歌，我很喜欢。"他岔开了话题。

"什么和歌？"

菊治语速很快地念出了柿本人麻吕的和歌。

他温柔地抚摸着新娘的背，情不自禁地说："啊，真难得。"雪子吓了一跳，于是菊治尽量让手下的动作更加温柔。

菊治之所以在早晨五点醒来，除了不安和焦虑，确实还因为强烈地感受到了雪子的珍贵。仅仅是雪子安静的呼吸和若有若无的香气，就让他感到甜美而温暖的赦免。或许这是他任性的陶醉，可是只有女人能赐予罪大恶极的罪人以宽恕。或许只是一时的感伤和麻痹，不过依然是异性的救济。

哪怕明天就和雪子分开，菊治也会一辈子感谢她。

不安和焦虑平息后,菊治感到一阵寂寞。雪子或许也在不安与决心中感到恐惧,可他不能叫醒雪子重新抱住她。

菊治本以为天亮前都睡不着了,可是听着不时传来的海浪声,他再次入睡,醒来时,纸拉门外已经阳光灿烂。雪子不在。

菊治心中一惊,心想她是不是逃回家去了。时间已经过了九点。

他打开纸拉门一看,雪子去了草坪上,正抱着膝盖看海。

"我睡过头了。你什么时候起来的?"

"七点左右。掌柜的来准备热水,我就醒了。"

雪子转过身,红了脸。今天早晨,她换上了西式套装,把昨天的红玫瑰插在胸口。菊治松了一口气。

"这朵玫瑰竟然还没枯萎。"

"昨天去泡温泉时,我把它插在盥洗室的杯子里了。你没发现吗?"

"没发现。"菊治回答,"你已经泡过温泉了吗?"

"嗯。我起得早,不知道去哪儿,也没什么事可做。没办法,只好悄悄打开防雨窗到这里来看看,美国的军舰正打算返航呢。听说是傍晚来游玩,第二天早上回去。"

"军舰来游玩,真奇怪。"

"是这里的园丁说的。"

菊治给账房打电话,告诉他们自己已经起床。他洗过澡就来到了草坪上。天气很暖和,完全想不到现在是十二月中旬。吃过早饭后,两人依然坐在阳光下的走廊上。

两人注视着前方，大海闪烁着银色的波光，闪光的地点随时间的推移逐渐变换。从伊豆山到热海，海岸凸出的部分像小小的海角一样重合，打上海岸的波浪闪光的地点也在不断变换。

"正下方的海，那边，就像星光在闪烁。"雪子指着下面说，"蓝宝石一样的星星……"

下方的海面上，一群光点像星星一样明明灭灭。星星点点的光亮在各处浮现。近处的光点颗颗分明，远处的海面就像镜子一样反着光，也许这就是群星闪耀的集合。若是一直盯着看，会发现远处也有光点在跳动。

茶室前的草坪地方狭小，下方能看见夏橘的枝叶从草坪一头探出，已经结出橙色的果实。坡度平缓的地面一直延伸到大海，海边矗立着一行松树。

"我昨天仔细看了看戒指上的宝石，真漂亮啊……"

"这颗宝石的光像火焰，波光像蓝宝石或者红宝石，最像钻石的光芒。"

雪子看了一眼自己的戒指，又将目光投向大海上的波光。

眼前的景色很适合谈起宝石，再加上两人新婚宴尔，可菊治心中有些部分却无法被幸福温暖。

他卖掉了父亲的房子，就算可以带雪子回到简陋的房子，可菊治还没有将在那里组建新家庭的事情放入婚姻的规划中。而且说起彼此的回忆，菊治不可能不触及太田夫人、文子和栗本。无论是未来还是过去，在两人的话题里都被封存，于是菊治只能谈论此时发生在这里的事情。

雪子是怎么想的呢？她那张在阳光下神采奕奕的脸上没有纠结，是不是在安慰菊治呢？或许她在新婚之夜感到了菊治的体贴。

菊治心神不宁，一动不动。

两人在旅馆订了两个晚上，于是出门去热海酒店吃午饭。西式餐厅窗外立着破损的芭蕉叶，对面长着一丛凤尾松。

"小时候，父亲曾经带我来这里过年，凤尾松还和那个时候一模一样啊。"雪子环顾着面朝大海的院子。

"我也偶尔会和父亲来这里，说不定当时我曾在这里见过小时候的雪子呢。"

"讨厌，怎么说这种话。"

"如果我们小时候见过，不是很有趣吗？"

"如果我们小时候见过，说不定就不会结婚了。"

"为什么？"

"因为我小时候聪明。"

菊治笑了。

"父亲经常说我小时候很聪明，可慢慢就变笨了。"

雪子家里有兄弟姐妹四人，菊治从雪子的只言片语中就能够想象出，她的父亲有多么宠爱她，对她有多少期待。雪子的脸上依然留着小时候的影子，一双聪慧的眼睛炯炯有神。

四

从热海酒店回到旅馆后,雪子给母亲打了电话,却没什么要说的。

"母亲担心我们怎么样了。你要不要跟她说两句?"

"不了,请带我问好。"菊治果断拒绝了。

"是吗?"雪子转身看着菊治,"母亲向三谷先生问好,让你多保重身体……"

因为雪子用的是房间里的电话,所以菊治一开始就明白,雪子不打算和母亲说悄悄话。

可是有什么事情让雪子的母亲担心了,是女人的直觉起了作用吗?是不是因为新婚旅行第二天,新娘子就给娘家打了电话,让新娘的母亲受了惊呢?菊治并不清楚,不过他认为如果雪子觉得被丈夫带走不好意思,或许就不会打电话了。

四点多时,三艘美国的小型军舰驶进港口。远处网代附近的天空中,稀薄的云彩融化成雾气,仿佛春天傍晚的水雾,在海上缓缓移动。就算军舰运来的是饥渴的情欲,看起来依然像是平和的模型船。

"军舰果然来玩儿了啊。"

"今天早晨我起床的时候,昨天的军舰正好返航。"雪子说,"我没事做,就远远地看着它们离开。"

"我起床之前,你等了两个小时左右?"

"我觉得时间更长吧，在这里很神奇，会感到很开心。我想着等你起床后，有很多事想和你说……"

"什么事？"

"都是些无聊的事……"

天明明还亮着，驶入港口的军舰却点着灯。

"我想和你说说我为什么结婚，从你的角度来看，听听你的想法应该很有意思吧。"

"嗯，这可不是能站在别人的角度看的事情。"

"话是这样说，可要是能回顾一下这个人为什么会来到自己身边，会很有意思吧，那样我会很高兴。你为什么觉得我是永远存在于远方的人呢？"

"去年你到我家茶室来的时候，用的是和现在一样的香水吧？"

"嗯。"

"那天，我也觉得你是永远存在于远方的人。"

"呀！你不喜欢这款香水吗？"

"不是的，第二天，我发现你的味道还留在茶室，我甚至还去茶室看了看……"

雪子惊讶地看着菊治。

"也就是说，我觉得雪子是遥不可及的，不得不放弃。"

"这种说法太悲伤了。是因为别人的缘故嘛……我明白，可我现在想听听关于我的事情。"

"那就是憧憬。"

"憧憬？"

"是啊。既有放弃，也有憧憬。"

"你说憧憬，我很吃惊，要是我的话，可能就是因为想要放弃了，才会憧憬吧。可是我想不到放弃呀、憧憬之类的说法。"

"因为憧憬是罪人会用的说法……"

"你又说起别人了。"

"不，不是这样的。"

"好了。我也曾想过，自己可能会喜欢上有妇之夫。"雪子说，眼睛闪闪发光，"可是，憧憬好可怕啊，你不会再说了吧？"

"是啊。昨天晚上，一想到雪子的香味已经属于我了，就觉得很不可思议……"

"……"

"可是，憧憬不会消失。"

"我很快就会让你失望的。"

"我绝对不会失望。"菊治斩钉截铁地说，因为他深深地感谢雪子。

雪子突然觉得要被菊治的气势压倒，于是激动地回应："我也绝对不会失望，我发誓。"

可是，就在五六个小时之后，雪子的失望不就扑面而来了吗？虽然雪子没有感受到这份失望，或者只是觉得疑惑，但依然让菊治感受到了冰冷的失望。

不仅是因为对此感到恐惧，菊治睡得比昨天晚上更晚，一直在和雪子聊天。雪子也比昨天晚上更亲密地配合他，还在时机正好时，轻松地为他沏了一杯粗茶。

菊治在浴室刮完胡子涂好面霜，雪子也来到梳妆台旁，一边用手指蘸了蘸菊治的面霜一边说："父亲的面霜一直是我买的……"

"那就给我买一样的吧。"

"不一样的比较好。"

今天晚上，雪子将睡衣放在膝头，依然在行礼后走进浴室。

"晚安。"她双手伏地微微施礼，把手放在衣摆上，熟练地钻进自己的床铺。这份充满少女气息的青春让菊治心跳加速。

然而没过多久，菊治在黑暗深处闭上颤抖的眼皮，想起了当时的文子完全没有反抗，只有纯洁本身在反抗。纯洁在卑劣和污浊中绝望地挣扎。他将践踏文子纯洁的幻想当成力量，试图羞辱雪子的纯洁。尽管是不祥的毒药，可雪子清纯的举止依然让菊治无法抗拒地回忆起文子，哪怕这会让他痛苦不已。

另外，菊治同样无法阻止由于回忆文子引发出的，太田夫人充满女人味的波涛。这究竟是魔性的诅咒，还是人性的自然？无论如何，夫人已死，文子已经消失，而且如果两个人只有爱，没有恨，那么如今折磨着菊治、令他恐惧的又是什么呢？

他为自己对太田夫人充满女人味的波涛感到麻痹而悔恨，相反，如今对于自己体内正在麻痹的感觉，菊治感到恐惧。

突然，雪子的枕头上传来头发摩擦的声音，只听雪子说："来说些什么吧。"菊治心中一紧。

仿佛用罪人的手轻轻抱住神圣的处女,菊治突然感到热泪盈眶。

雪子温柔地把脸靠在菊治胸前,不久后开始抽泣。

菊治压低颤抖的声音问:"怎么了?很难过吗?"

"不。"雪子摇了摇头,"虽然我一直那么爱你,可是从昨天开始,我越来越爱你了,所以就哭了。"

菊治抬起雪子的下巴,凑上嘴唇。他已经不再隐藏自己的泪水,对太田夫人和文子的幻想瞬间消失。

为什么不能和纯洁的新娘过几天清净的日子呢?

第三天,海上依然温暖,雪子先起床洗漱整理。

到昨天晚上为止,这间旅馆已经来了六对新婚旅行的夫妇。雪子今天早晨问过女仆,不过茶室离海边庭院远,听不到喧嚣的人声,和着小提琴的歌声也传不到这边。

大概是阳光的强度不对,今天直到午后,大海上也看不到星星点点的波光,昨天,正下方波光粼粼的大海上驶出了七艘船。最前方的船喷出蒸汽,身后拖着六艘船,从大到小按顺序排成一列。

"是一家人啊。"菊治微笑着说。

旅馆送了他们一双夫妻筷做礼物,包在折成纸鹤形状的粉色和纸中。

菊治想道:"你带那个千只鹤图案的包袱皮了吗?"

"没有,所有的东西都是新的。都让人觉得不好意思了。"雪子那双线条清晰的美丽的双眼皮染上了红潮,"我的发型也不一样了,不过我们收到了带白鹤图案的贺礼。"

三个小时前,车子向川奈驶去。

很多艘渔船驶入网代港,还有刷成白色的船。

雪子转向热海的方向说:"大海变成粉色珍珠的颜色了,真像。"

"粉色珍珠?"

"嗯,我的耳环和项链都是粉色的,要拿出来吗?"

"到酒店再说吧。"

热海山峦的褶皱里,阴影逐渐加深。雪子看到一位丈夫蹬着双轮拖车,妻子坐在堆满柴火的车上,她说:"好想像他们那样生活。"菊治有些难为情,心想难道如今雪子跟着自己,就算过穷日子也心甘情愿吗?

他看见一群小鸟在海边的松树间飞过。小鸟的速度几乎与汽车相同,只是汽车稍快一些。

雪子发现,今天早晨从伊豆山旅馆下方驶出的七艘船已经开到了这里,从大到小依次排列,就像彬彬有礼的一家人,被拖到了海边。

"就像是来见我们的一样。"

雪子此时心情愉悦,看到船都会觉得亲切,这让菊治感到欣慰。恐怕这就是他一辈子最幸福的日子了吧。

从去年夏天到秋天，菊治一直在寻找文子，没想到就在他不知是疲惫了，还是着了魔的时候，雪子独自来拜访了他。菊治仿佛是生活在黑暗中的生物见到了阳光一样。她是那么耀眼，让菊治感到不可思议。虽然雪子的态度依然客气、含蓄，不过从那以后，雪子就经常来看他了。

不久后，菊治收到雪子父亲的来信。信中问他，既然在和自己的女儿交往，那么有没有结婚的意愿呢？还是说之前，他们两人在栗本近子的介绍下相过亲，自己和妻子都希望女儿能嫁给她最初心仪的人。菊治明白这是雪子的父母担心两人的交往情况，或者是在警告他，也有代替女儿传达心意的意思。

从那以后直到今天，已经过去了整整一年。菊治在等待文子和娶雪子为妻的两种情绪中反复徘徊。可是当他回忆起太田夫人，为追求文子而感到悔恨失落的时候，菊治就会看到一幅幻影，一千只白鹤在清晨或傍晚的天空中飞舞，那是雪子的幻影。

为了看拖船，雪子走近菊治，便没有回到原来的座位。

在川奈酒店，两人被带到了三层别馆里的房间。两边没有墙壁，是视野开阔的玻璃窗。

"海是圆的啊。"雪子开朗地说。

地平线画出了一个平缓的圆。

草坪中的泳池对面，五六个穿浅蓝色制服的女球童背着高尔夫球包迎面走来。

西面的窗外能看到登富士山的路线。

两人打算去宽敞的草坪上看看。菊治背对着西风说:"风真大啊。"

"这不算什么,走吧。"雪子紧紧拉着菊治的手。

回到房间,菊治走进浴室。雪子在他洗澡时重新整理了头发,换上衬衫准备去餐厅。

"要戴上这些吗?"雪子让菊治看她的珍珠耳环和项链。

晚饭后,两人在阳光房坐了一会儿。这是一间椭圆形的房间,一直延伸到院子里,今天是工作日,阳光房里只有菊治他们两个人。房间被花园包围,一对小桃红山茶盆栽盛开在椭圆形房间的前方。

之后,两人回到大厅,坐在暖炉前的长椅上。柴火烧得很旺,暖炉上放着两盆开着花的君子兰。长椅后方的大花瓶里种着一株早早开花的红梅树,很是美丽。高高的天花板上有英式的木架垂下来。

菊治靠在皮椅上,久久眺望着暖炉里的火焰。雪子脸蛋红通通的,一动不动地坐着。

回到房间后,两人拉上了厚厚的窗帘。

虽然房间挺大,不过不是套间,所以雪子在浴室换了衣服。

菊治穿着酒店的浴衣坐在椅子上,雪子换上睡衣,不经意间站在了他面前。

铁锈红底色上散落着白色碎花,图案像洋装一样新颖,自由形式的和服做成了元禄袖[①],显得她纯真无邪,腰间系着一条绿色缎子窄腰

[①] 元禄袖:袖口圆润宽大。常见于女士便装,以及幼女的和服。

带。雪子穿上这身衣服，就像一个西式人偶，红色里子中能看到白色浴衣。

"和服很可爱，是你自己设计的？元禄袖？"

"和元禄袖有些不同，随便做的。"

雪子走向梳妆台。

两人只在房间中留下梳妆台的灯，在昏暗中入眠。

菊治突然醒来时，听到了一声巨响。风在呼啸。院子尽头是断崖，他觉得或许是大浪撞击崖壁的声音。

他看了看雪子那边，发现雪子没有躺在床上，而是站在窗前。

"怎么了？"菊治也下了床。

"刚才响起了一声可怕的声音。海上冒出了粉色的火焰，你来看看……"

"是灯塔吧。"

"我被吵醒了，害怕得睡不着，就起来看了看。"

"是海浪的声音。"菊治把手搭在雪子肩膀上，"你把我叫醒就好了嘛。"

雪子仿佛被大海夺去了心神。

"你看，在闪着粉色的光吧。"

"那是灯塔。"

"虽然也有灯塔，可是这火比灯塔的光更大，突然就烧起来了。"

"是海浪的声音。"

"不是的。"

虽然听起来像海浪打在断崖上的声音,可是在弦月冰冷的光照下,大海漆黑而沉静。

菊治也看了一会儿,发现粉色的闪光和灯塔的明灭不同。粉色的闪光间隔更长,而且不规则。

"是大炮。会不会发生海战了。"

"嗯,大概是美国的军舰在演习吧。"

"嗯。"雪子接受了菊治的说法,放松肩膀抱住他,"真让人不舒服,好可怕。"

弦月下的海面上,风在呼啸,远处粉色火焰亮起后的轰鸣让菊治毛骨悚然。

"这样的夜晚可不能一个人看啊。"

菊治收紧胳膊,抱住雪子。雪子提心吊胆地抱住菊治的脖子。

一股仿佛要贯穿身体的悲伤向菊治袭来,他断断续续地说:"我啊,没有残疾,没有疾病。可是,屈辱和不道德的记忆依然不放过我啊。"

雪子仿佛失去了意识,沉重地倚在菊治胸前。

旅途的别离

一

新婚旅行回来后,菊治在烧掉文子去年写来的信前又看了一遍。十月十九日,写于开往别府的黄金丸号……

您在找我吗?请您原谅我不告而别。

我已经下定决心不再见您,所以本来不打算寄出这封信。就算要寄,也不知要到何年何月了。我正要前往父亲的老家竹田町,可是当您收到这封信时,我已经不在竹田町了。

父亲在二十岁前就离开了故乡,我没有去过竹田。只能从谢野宽和与谢野晶子的《久住山之歌》和父亲的谈话里勾勒出竹田町的样子。

岩山绕四方

竹田坐中央

秋日流水声

竹田不似城

浑然而天成

出入皆山门

洞门内与外

芒草皆茫茫

我要回到陌生的父亲的故乡了。

久住町有一位父亲小时候的旧识,他写了一首小诗,这首小诗也吸引着我回到父亲的故乡。

故乡的山中流出的水,是内心的温柔

一望无际的远野与天空相连,那颜色从小就浸润了我

烦恼只属于我,山峰依然藏在云间

有人为我祈求平安,叛逆的心总有一天会消失

还有一首与谢野宽的和歌,将我带到了九住山(也写作九重山)。

久住照我心

如在大师旁

此身常疲乏

心愿问秀山

猝然不知处

云锁九住山

虽然我提到了那首关于"叛逆心"的和歌，可是我并不打算叛逆你。若是有叛逆，也是对我自己，还有我的命运。就算是这样，比起叛逆，更多的还是悲伤吧。

更何况从那以后已经过了三个月，我只祈求你能平安。我不该给你写这样的信，恐怕我是将本该写给自己的信寄给了你吧。或许写完后，我会将信扔进大海，又或者这封信无法写完。

服务生绕了一圈，关上大厅的窗户。除了我之外，大厅只有两对外国年轻夫妇坐在另一边。

我是独自一人出门的，所以选了一等舱，我不喜欢和太多人住在一起。一等舱是双人房，和我一起住的是别府观海寺温泉旅馆的老板娘。她嫁到大阪的女儿生孩子，她去帮忙，现在要回去了。

她说在大阪睡不着觉，所以选了坐船，想美美地睡上一觉，从餐厅回来后不久就钻进了被窝。

我们乘坐的黄金九号从神户港出发时，一艘伊朗船驶入港口，名字叫苏伊士之星。那艘船形状奇怪，老板娘告诉我那是兼作客船的货船。我在想，连伊朗船都开到日本来了啊。

船出航后，我看见神户城和后面的山峰渐渐被暮色笼罩。秋天的白天很短。到了晚上，广播播放了海上保安官的提醒，绝对不允许在船里赌博，受害者也要接受惩罚……

——今天船上很可能会有人赌博。恐怕三等舱里坐满了赌博老手吧。

温泉旅馆的老板娘已经睡着了，所以我来到大厅。两对外国人夫妇中有一名日本女人。她看起来也已经结婚了，外国老公不是美国人，好像是欧洲人。

我突然觉得，和外国人结婚，到遥远的外国去也不错啊。

——我吓了一跳，对自己说："你在想什么呢？"就算坐在船上，结婚也是想都不能想的事情。

那个女人应该出身良好，不过很努力地模仿洋人的表情和举止。虽然并不显得粗俗，可是看起来有几分刻意。或许她的一举一动，都带着与洋人结婚的优越感吧。

可是在这三个月里，我不知道什么东西会让我心动。我在茶室门口的洗手盆上砸碎筒状志野茶杯时，简直羞愧难当，几乎要昏过去了。

我说过，还有更好的志野陶。那时我当真是这样想的。

我把志野陶水壶作为母亲的遗物送给您，见您高兴，就稀里糊涂地把筒状志野陶茶杯也送了过去，可是后来一想到还有更好的志野陶，就感到坐立不安。

您说："照你这样说，不就只能送出最好的东西了嘛。"如果接受礼物的人是菊治先生，我相信正是如此，因为我一心希望将母亲变得美好。

只是除了希望让母亲更加美好之外，已经死去的母亲和被留下的我在那时都已经无药可救。我绷紧的情绪，仿佛着了魔的心无比悔恨，怎么能将不够好的筒状茶碗当作母亲的遗物送给您呢？

如今已经过去三个月了，我的情绪发生了改变。虽然不知是美梦破碎，还是从丑陋的梦中清醒了，在我打碎那只志野陶的时候，想的是母亲和我将就此与您诀别。虽然打碎志野陶让我羞愧，不过或许确实是件好事。

我当时说茶碗口沾上了母亲的口红……您或许觉得是疯狂的执念。

关于那只茶碗，我有一段不舒服的记忆。当时父亲还活着。栗本师父来到我家，我拿出了一只黑乐茶碗，已经记不清楚了，大概是长次郎什么的。

师父皱起眉头说："啊，有好多霉斑……没有好好打理吧？用完后就收起来了吗？"茶碗的一面出现了斑点，就像菖蒲花腐烂之后的颜色。

"我用热水洗过了，可是洗不掉。"

师父将潮湿的茶碗放在膝头，仔细端详了一会儿，突然把手插进头发里使劲搓了搓，然后用沾着头油的手在茶碗中转了一圈，霉点消失了。

"啊，太好了，你看看。"师父得意扬扬地说。可是父亲并没有伸手,他说:"真脏,讨厌,让人心里不舒服。"

"我会仔细洗干净。"

"再怎么洗都不行,我不想用它喝茶了。你愿意的话,就给你吧。"

幼小的我也坐在父亲身边,还记得那种不舒服的感觉。

我听说师父后来卖掉了那只茶碗。

我觉得,女人的口红沾在茶碗口上,和这件事一样可恶。

请您忘记母亲和我,与稻村雪子小姐结婚吧……

写于别府观海寺温泉,十月二十日……

坐火车从别府经过大分前往竹田更快,可是我想靠近九重群山看看,所以选择越过别府后的由布岳麓,坐火车从由布岳前往丰后中村,又进入饭田高原,向南跨过山峰,从久住町前往竹田。

虽然竹田是我父亲的故乡,对我来说却是未知的城市。如今父母都已不在人世,我不知道这里的人们会如何迎接我。

父亲曾说，这座小城是其心灵的故乡。或许是因为与谢野夫妇的和歌里也唱到的"岩山绕四方……出入皆山门"吧。

如果是母亲，大概会详细地说给我听，听说母亲在我出生之前，曾经跟着父亲来过一次竹田。

当我原谅令尊和我母亲时，觉得背叛了自己的父亲。既然如此，我为什么被父亲的故乡，对我来说却是异乡的小城吸引了呢？这座既是故乡也是异乡的小城，对现在的我来说是值得怀念的吗？我是不是觉得在父亲的故乡，有能让母亲和我赎罪的泉水呢？

《九住山之歌》中还有一首里写道：

归来父前未叩首，
随即仰望故乡山。

我想，当我原谅令尊和我母亲时，就为此后母亲和我的错误埋下了种子。这简直就像诅咒一样束缚着您，让您感到痛苦吧？可是任何罪孽和诅咒都有尽头，我觉得在我打碎志野陶茶碗的那天，一切就已经结束了。

我只爱着两个人，就是母亲和您。我说我爱着您，您恐怕会大吃一惊吧？就连我自己都感到惊讶，可是我觉得不要隐瞒此事，反而要为"那个人""祈求平安"。我并没有因为您对我做的事而责备您,也不怨您。只是觉得我的爱受到了最强烈的报应,最严厉的惩罚。我的两份爱都走向了尽头,一条路是死亡,一条路是罪孽。这就是我这个女人的命运吗?母亲凭借死亡清算了罪孽,我却背负着罪孽逃走了。

母亲总是把想死挂在嘴边,当我阻止她与您见面时,她曾威胁我:"你是想让我死吗?"可是我从打碎志野陶的那天开始就明白了,母亲自从在圆觉寺的茶会上见到菊治少爷之后,就抱着自杀的觉悟。明明是与您的相遇让母亲成为自杀者,可她却一心想要见你,来维持朝不保夕的生命。我阻止了她,导致了母亲的死。自从打碎志野陶那天开始,我也有了自杀的觉悟,因此我更加理解母亲。我想如果母亲没有死,我就会死,是母亲的死让我活了下来。

当时,我在洗手盆上打碎了志野陶茶碗,然后失去意识差点儿倒在石头上,是您扶住了我吧。您听到我呼唤母亲的声音了吗?或许我并没有发出声音。

哪怕您说我不能回去,又说要送我回去,我都只是摇头,说着我再也不会见您了,逃也似的回了家。路上,我出了一身冷汗,真的想过要死。我不怨菊治少爷,只是觉得自己已经走到尽头,不再有未来。我的死与母亲的死相连,是理所当然的事情。既然母亲因为无法忍受自己的丑陋选择了死亡,那我也打算做同样的事。可是我也想过,悔恨的火焰中会开出莲花。因为我爱着您,所以您要对我做什么,都不会是丑陋的。我如同夏天的飞蛾一样扑向火焰。母亲认为自己是丑陋的，于是选择了死亡，我是不是因为想要美化母亲，在梦中迷失了自我呢？

只是我与母亲不同。母亲自从见过您一面之后，就心神不宁，只想再见到您，而我只见了您一面，梦就破碎了。我的爱情，开始即是结束。比起压抑感情止步不前，更像是被推开，被抛弃了。

我心想，这样不行。母亲死了，我的感情也结束了，您和雪子小姐结婚就好。这样一来，我也能得到救赎。

要是您来寻找我，追上我的话，我也会选择自杀。话虽如此，或许听起来只是自说自话，可就像我一心美化母亲，忘记了自己一样，我希望能将我们的存在从菊治少爷身边抹去。

我醒来后，充分理解了栗本师父的话，母亲和我阻碍了菊治少爷的婚姻。师父说自从见过母亲之后，菊治少爷性格大变。

打碎志野陶茶碗的那天晚上，我一直哭到天亮，然后去朋友家请她和我一起旅行。

朋友大吃一惊，问我："出什么事了，你眼睛都哭肿了……令堂去世的时候，你也没有哭成这个样子啊。"她和我一起去了箱根。

然而在我小时候，曾有过比当时，或者比母亲去世时更加伤心的日子。就是栗本师父来我家里训斥母亲，要她和令尊分手的时候。我躲在背后边听边哭，母亲抱着我来到了师父面前。见我不乐意，母亲说："妈妈正在被欺负不是吗？你躲在后面哭，我怎么忍心呢？让我抱抱你。"

我没有仔细看师父，只是坐在母亲膝盖上，把脸埋在了母亲怀里。

师父嘲笑道："哼，连小孩子都搬出来了吗？你这么聪明，应该很清楚三谷叔叔是来干什么的吧？"

我摇着头不停地说不知道。

"你不会不知道。叔叔是有妻子的。是你母亲不好吧？叔叔还有一个比你大的孩子呢。那孩子也恨着你母亲。要是学校老师和朋友知道了你母亲的事，你会觉得羞耻吧？"

"孩子是无辜的。"母亲说。

"既然是无辜的孩子，就要培养成无辜的样子啊。无辜的孩子怎么那么会哭呢？"

当时我十一二岁。

"这对孩子可不是好事，真可怜……你要让她在阴影里长大吗？"

当时，我幼小的心仿佛要被撕碎，那份悲伤比母亲的死，比与您分别更加痛苦。

我到别府时是中午，于是坐车逛了一圈地狱温泉。因为住在同一船舱的缘分，我住进了观海寺温泉。

今天早晨，船在伊予海上航行时非常平静，阳光透过船舱的窗户洒进来，我脱掉外衣只穿了衬衫，身上依然微微冒汗。进入别府港口后，从左边的高崎山道向右延伸的山脉仿佛拥抱着小城，就像一个巨大圆润的波浪。我想起日本装饰画上就有类似的波浪。观海寺温泉位于大山深处，从浴室向外看，城市和港口尽收眼底。我没想到竟然有这么宽敞明亮的温泉。坐巴士游览地狱温泉需要一百日元，门票一百日元，十五六处地狱里大多是私人温泉，还有个叫"地狱组合"的工会。坐车游览一圈需要两个半小时。

在地狱温泉中，血池地狱和海地狱的颜色妖艳而神秘，难以用语言来形容。血池地狱仿佛从池底喷出血液，血色融化在透明的温泉中时那么逼真，而且水池上还弥漫着热气。海地狱的颜色就像大海，因此而得名，我从来没见过如此澄澈安静的浅蓝色海水。深夜，我躺在远离城市的山中旅馆里，想到血池地狱和海地狱神奇的颜色，觉得仿佛是梦幻世界中的泉水。如果说母亲和我是在爱的地狱中徘徊的话，那里也有如此美丽的泉水吗？地狱温泉的颜色让我心醉神迷，就此搁笔，敬请谅解。

三

写于饭田高原筋汤,十月二十一日……

在高原深处的温泉旅馆里,尽管我在毛衣上裹了一件旅馆的棉质和服,依然需要在寒意刺骨的夜里靠近火盆。这栋旅馆好像在发生火灾后刚刚修缮过,门窗关不严。筋汤位于海拔一千米的高处,我明天还要越过一千五百米的山岭,住在海拔一千三百米的温泉旅馆,所以从东京出发时就做好了御寒准备,可这里和早上刚刚离开的别府相比,温度简直是天差地别。

明天到九重山,后天终于要到竹田了。无论在明天的旅馆还是在竹田城里,我都打算继续给您写信,可我最想对您说的话是什么呢?应该不是旅行日记才对。九重山和父亲的故乡,会让我说出些什么呢?

或许我想向您告别,可我自己清楚,最好的告别是无声地离开。虽然我和您没有说过多少话,却仿佛已经说了很多。

我每次见到您,都要代母亲道歉,说些请您原谅母亲的话。

当我第一次为求您原谅登门拜访时,您曾说:"我以前就知道令堂有一位千金,曾经幻想过和这位小姐谈谈我父亲的事。"您还说:"要是还有机会和你说说我父亲的事,还有令堂美好的人品就好了。"

这样的机会没有到来,而且已经永远地失去了。如果和您见面,谈起令尊和我母亲的事,如今我会在悔恨和屈辱中颤抖吧。不能提父母的事情,这样的人们可以相爱吗?写到这里,我泪流满面。

在我十一二岁听到栗本师父斥责的话语时,"三谷叔叔"有个儿子的事情深深地刻在了我的心中。可是我从来没跟"三谷叔叔"提起过那个男孩子的事情,总觉得说了是不好的。我是个小女生,怎么能去问那个男孩子有没有上战场呢?

空袭越来越激烈之后,令尊经常到我家里来,一想到万一出了事,那个男孩子就会像我一样,变成没有爸爸的孩子,我总会将令尊送回家。仔细想想,尽管那个男孩子已经到了能参军的年龄,可在我心里,依然忍不住觉得他还是个少年。大概是因为师父第一次提到他时,那份悲伤深深地刻在了我心里吧?

因为母亲的无能,所以我要出门采购。在动作粗鲁,争先恐后乘坐火车的人里,我见到一位美人,于是紧紧贴在她身边。我们聊了些从哪里来、要去什么地方买些什么东西的事情,说到身份的时候,大概是因为美人坦率地承认了她是别人的小妾,我便也坦白了自己的事。

听到我这个女学生说"我也是小妾的孩子",美人吓了一跳,说:"哎呀?不过,能长这么大就挺好。"

她似乎误解了"小妾的孩子"的意思,我只是涨红了脸,并没有纠正她。

她很疼我,经常约好和我一起出门采购,我们两个还曾经一起从她的故乡新潟乡下运过米。我无法忘记她。

能长这么大不挺好的吗?我甚至没办法和您谈谈令尊和我母亲的事情。

我听到温泉瀑布的声音了。好几道温泉落下,人们让泉水打在身上,称作"挨打"。因为能够缓解筋骨僵硬和酸痛,所以人们直白地将温泉瀑布称为筋汤。旅馆里没有温泉,我去泡了一片很大的共浴温泉。温泉位于涌盖山和黑岩山之间的山谷深处,仿佛是夜晚山中凉爽的空气降入谷中。和别府的血池地狱、海地狱梦幻般的颜色不同,今天我看到了山中美丽的红叶。从别府背后的城岛高原眺望由布岳也很美,从丰后中村站爬上饭田高原的路上,能看到九醉溪的红叶。爬上十三曲后回头张望,后山和山间的褶皱逆着光线,颜色深沉,红叶的美越发深邃。夕阳从山肩洒下,让红叶的世界变得庄严。

明天,高原和山峰应该都是好天气吧。我从遥远山谷间的旅馆向您道一句晚安,在三天的旅途中,我从来没有做过梦。

自从打碎志野陶茶碗的那天晚上开始，在朋友家住的三个月里，我整夜整夜地无法入眠。我在朋友家打扰了太长时间，就连留在上野公园后面租来的房子里的少量行李，都是这位朋友帮我取回来的。

我听那位朋友说，取回行李后的第二天，就有人搬进了公园后面的房子。一开始，我没有告诉那位朋友，我为什么要逃走躲起来。

就算我告诉她，我爱上了一个不能爱的人也无济于事。

"可他是爱你的吧？被不能爱的人爱着，通常都是谎言吧？女人就喜欢说这种谎。虽然我相信你说的是真的……"

朋友的意思或许是说，这个世界上不该有绝对不能爱的人，她说的也许没错，如果我能像我母亲那样决心赴死的话……

可是我想您是最了解的，我希望美化母亲的死，不知究竟能将她带往何处。我尚且无法判断，就算不带上她，而是自己前往，究竟算不算混淆真相。自己能不能在自己的事情上蒙混过关呢？就算是冷眼旁观别人的事情，究竟能不能形容成蒙混过关呢？无论是神明还是命运，在宽恕人类的行为时，是不是在蒙混过关？

虽然我觉得写下来不好，不过我投靠的朋友之前曾和男人犯过错。或许正是因为如此，我才能投靠她吧，所以她才立刻发现了我的事。可是，她应该不懂我如同被卷入旋涡般的悔恨。

可能我和母亲很像，有些不拘小节的地方吧，我渐渐开朗起来，这次朋友也同意让我单独旅行。

我觉得女人单身一人住在旅馆里这种事，比起和母亲相依为命，或者在母亲死后独自生活，都要更加痛快，可是到了晚上，果然还会有不安和孤独，让我写下了这封无法寄出的信。从那之后，明明已经沉默了三个月，我究竟还要说些什么呢？

写于法华院温泉，十月二十二日……

今天，我越过海拔一千五百四十米的山岭诹峨守越，住在海拔一千三百零三米的法华院温泉里。据说这是九州海拔最高的山中温泉。我的竹田町之旅今天也在翻山越岭。明天就要下到久住町，到达竹田了。

大概是在高原的阳光下行走的缘故，又或许是硫黄的味道太浓郁，今晚我有些疲劳。不只是温泉里的硫黄，诹峨守越旁的硫黄山上，烟雾也顺着风飘到旅馆里，听说银质手表一天就会变黑。

旅馆里的人说昨天早上五度,今天早上四度,今晚会比昨夜更冷。我在早晨不知道几点时看了看温度计,黎明前,温度或许会下降到零度左右。

不过我要了别馆二楼向外突出的房间,窗户也做成了防寒的双层窗。棉和服很厚,火盆里的火也烧得很旺,比昨天晚上的筋汤更舒服。不过还是能感到山中刺骨的寒气。

法华院旅馆是山里的独栋房子。邮件和报纸都送不进来。距离村子有三里①远,距离旁边的房子有一里半远。小学也相隔三里,孩子到了上学的年纪,就不得不寄宿在山下的村子里。

旅馆里有两个孩子,哥哥六岁,妹妹四岁。因为我是独身女人,孩子的祖母不久后就来找我说话了。两个孩子也跟了过来,祖母的膝头成了他们争夺的位置。一开始,小女儿跨坐在祖母膝头,紧紧抱着祖母,后来男孩子想把妹妹推下去,妹妹就拼命撞向哥哥,两人开始追逐扭打。哥哥的眼睛很漂亮,妹妹也瞪着一双大眼睛,表情严厉,摆出剑拔弩张的姿势。或许是山里辛辣的阳光造就了如此坚毅的眼神吧。

我说:"这些孩子一个朋友都没有啊?比如邻居家的孩子什么的。"

"要走上三里远,才能看到别家的孩子。"

---

① 里:日本1里约为四公里。

听说哥哥在妹妹出生的时候说："妈妈和我一起睡，怎么还有了这个孩子？"在妹妹出生前，哥哥就说等宝宝生下来，要在宝宝身边睡。可是后来，男孩子就和祖母一起睡了。冬天旅馆关门，一家人会下山去村子里，不过这些孩子是在山中的独栋房子里培养出来的，那两双坚毅的眼中的光深深吸引了我。那是两个脸圆圆的漂亮孩子。

我突然想到我是独生子。

出生以后，一直只有我一个孩子，我已经习惯了，平时不会意识到。虽说不是没有注意到，不过不会深入思考。女学生那种想要个哥哥或者姐姐的伤感情绪也已经消失了。就连母亲去世的时候，我都没起过要是有兄弟姐妹的话就好了的念头，而是马上给您打电话，请您成为我的共犯，一起掩盖母亲死亡的方式。后来想想，仿佛你应该为我母亲的死负责一样……如果我有哥哥，就不会这样了。如果我有哥哥，母亲或许也不会死了，至少我不会陷入罪恶的悲伤之中。现在想想，我仿佛恍然大悟般震惊。我是独生子，明明不该向您撒娇，这样绝对是过分依赖您了。

我是独生子，如今独自一人住在山中的独栋房子里，一股冲动袭来，想要呼唤不存在的哥哥。就算不是哥哥，哪怕是姐姐或是弟弟，只要是兄弟姐妹就行。想要呼唤并不存在于这个世界上的兄弟姐妹，是不是很奇怪呢？

说到独生子，我果然现在才意识到，您也是独生子啊。

虽然令尊来过我们家,可是贵府的话题是禁忌,所以他没说过您是独生子,不过他曾对我说过:"没有兄弟姐妹很寂寞吧,有个弟弟或者妹妹就好了。"

我当时脸色苍白,全身发抖。

"就是的……太田去世的时候,也觉得女孩子一个人太可怜了。"

母亲亲切地附和着,她似乎发现我的样子不对,屏住了呼吸。

我感到了憎恶和恐惧。我当时大概有十四五岁吧,已经很清楚母亲的事情。我以为令尊的意思是要生一个和我同母异父的孩子。现在想来,恐怕是我多虑了。令尊或许是想到了自己的独生子,也可能是觉得母亲和我相依为命会寂寞。可当时,我的想法很荒唐。我下定决心,如果母亲生下孩子了,我就要杀了那个婴儿。那是我唯一一次想要杀人,之前和此后都没有,可我真的会那么做的。不知是憎恶、嫉妒还是愤怒,或许是少女死心眼儿的战栗吧。母亲似乎感到了什么,又加了一句:"我找人看过手相,说我只有一个孩子,而且是一个顶十个的好孩子。"

"确实没错,可……独生子往往不愿意和别人相处,喜欢一个人生活。不是容易陷入自闭情绪,不善于与人交往吗?"

令尊也许是见我沉默寡言才这样说的吧。我没有看令尊的脸，一言不发地避开了。我像母亲，不是个阴暗的孩子，可哪怕我在开心地嬉闹，只要令尊来了，我就会突然沉默下来。因为孩子的抗议，母亲应该很痛苦吧。令尊说的或许不是我，而是您。

可是，万一我想杀掉的孩子生下来了该怎么办呢？那孩子会是我的弟弟或妹妹，也是您的弟弟或妹妹……

啊，真可怕。

我翻山越岭，应该已经洗清了这种病态的念头，应该已经走过了"明媚的天气"。

"明媚的天气。"

"啊，真是明媚的天气。"

今天早晨，走出筋汤后没多远，我听见村里人们在路上打招呼。这地方把"好天气"叫作"明媚的天气"，结尾的发音很清晰。听到他们打招呼的声音，连我的心情都变得开朗了。

真的是明媚的天气。路旁，芒草和芭茅在朝阳中闪着透明的银光，槲树的红叶也在闪闪发光。左手边山脚下的杉树间投下了深深的阴影。田埂上铺着草席，母亲让穿着红色和服的小孩子坐在上面。身后的白色袋子里装着食物，草席上还放着玩具。母亲在割稻子，这片地方冷得早，插秧插得也早，听说人们会生着火种田。不过今天早上，甚至能看见有小孩子在草席上晒太阳，所以我只是换上了胶底帆布鞋，不需要准备防寒的衣裳。

从筋汤出发，有不少条上山的近路，不过我还是走到了饭田邮政局和学校附近，悠然自得地走在高原中，一边眺望九重群山一边漫步。我没有爬山，只是从诹峨守越走到了法华院，所以对我来说也算得上轻松的行程。

九重山是一连串山峰的总称，从东边开始分别是黑岳、大船山、久住山、三俣山、黑岩山、星生山、猎师岳、涌盖山、一目山、泉水山，群山的北侧一带是饭田高原。

虽说在群山北侧，不过从涌盖山往西绕去，崩平山等山峰就位于高原北边了，高原处于群山环绕之中，或者说这是一片被四周的群山托起的圆。这里当真浮起了一处美丽的梦幻之国。山上的叶子红了，尽管芒草如同白色的波浪，不过我还是觉得高原上笼罩着一片温柔的紫色。高原的海拔大约一千米，东西方向和南北方向都有八千米宽。

我横跨高原的南北。来到这片广袤的高原，正前方的三俣山和星生山之间，能远远看到硫黄山的烟雾。山间万里无云，只有右手边涌盖山的空中飘浮着几小片淡淡的白云。从东京出发时，我就在期待高原上"明媚的天气"，如今感到一阵幸福。

我只去过信浓高原，这片饭田高原确实像很多人们口中说的那样，浪漫又令人眷恋。这里让我的内心变得柔软而明媚，心思飘到了遥远的地方，又能感受到平静的怀抱。

南边的群山温和而高雅。前往别府港口时,我被四周群山圆润的波浪形状所吸引,可是在饭田高原看到的九重群山却让我感受到了一种熟悉的协调感,在如此高的海拔实在难以想象。是因为每座山的高度和位置保持了平衡吗?久住山高一千七百八十七米,是九州最高的山峰,大船山高一千七百八十七米,是第二高的山峰①。两座高山藏在云雾之后,不过三俣山和星生山也分别有一千七百四十米和一千七百六十米高。一千七八米以上的山有十座左右。不过身处海拔一千米以上的高原,看到周围高度差距不大的群山时,也许看起来会显得平缓吧。再加上这里位于南部,离海不算太远,所以高原的色彩显得十分明丽。

来到高原的中心地带长者原,我在松树的树荫下休息了很久。长者原上零零散散地长着一片松树,我被草原中的松树吸引了。走了几步后,我又在松树的树荫下吃了一顿迟来的午餐。大概已经两点了吧,我环顾四周广阔的草红叶,从我的位置看去,阳光下的地方和逆光的地方颜色有微妙的不同。群山的颜色各不相同,有的山上红叶颜色更深,就像是彩窗玻璃一样。我仿佛置身于广大的自然天堂之中。

"啊,来这里真好啊。"我出声感叹。我流下了眼泪,芒草的银色波光在我眼中模糊了,不过这不是污染悲伤的泪

---

① 关于两座山的高度,原文如此。

水,而是洗刷悲伤的泪水。

我带着对您的思念,为了与您告别,来到这片高原,也是父亲的故里。只要后悔和罪孽还纠缠在我对您的思念中,我就没办法与您告别,也没办法重新出发。请原谅我,即使来到遥远的高原,我还在思念着您,我是为了与您告别。请允许我一边走在草原上眺望群山,一边思念您。

我在松树树荫下静静思念着您,久久不愿意动身,如果这里是没有屋顶的天堂,我是不是会就此升天呢?我呆呆地为您的幸福而祈祷。

"请和雪子小姐结婚吧。"我说,在心中默默与您告别。

尽管我不会忘记您,无论我在想起您时内心如何丑陋污浊,可是当我在这片高原上想念您时,都觉得自己是能够离开您的。从今天开始,我和母亲将彻底从您身边消失,最后,请允许我再向您道一次歉。

"请您原谅我母亲。"

要从饭田高原跨过诹峨守越,似乎要爬上三俣山山脚那条路,不过我还是选择了运输硫黄的道路。离硫黄山越近,那身影越发恐怖。远远看去,硫黄烟雾就仿佛喷涌的火焰。广阔的山腰一带喷出硫黄,直到山脊处都寸草不生。山被烧烂,岩石、土地都呈现出荒凉的黑色。毫无光泽的灰色和褐色也给人一种废墟的感觉。人们在左边的小山上采集天然硫黄。将圆筒插进喷气孔中，刮下圆筒口像冰柱一样垂下的硫黄。我穿过开采场的烟雾，跨过赤裸的岩石来到了山顶。

从山顶下到北千里滨后，我回头张望，即将下山的太阳在硫黄烟雾的笼罩下，仿佛变成了白茫茫的月亮妖怪。前方，大船山美丽的红叶如同黄昏时分的织锦。然后走下一段陡峭的斜坡，就是法华院温泉了。

今晚，我写了很长的信，想告诉您与您告别后，高原上纯洁无瑕的一天。晚安，请不要担心我。

五

写于竹田町，十月二十三日……

我来到了父亲的故乡。

今天傍晚，我穿过岩山东门进入竹田町。从法华院温泉下到久住高原，再从久住町前往竹田，坐车要花五十分钟左右。

我寄住在伯父家，父亲就出生在这个家里。第一次见到父亲出生的家，我的心情很神奇。虽然在我心里，这座小城既是故乡，同时也是异乡，可是看到和父亲长相相似的伯父后，十年未见的父亲的面孔栩栩如生地浮现在我面前，让如今无家可归的我找到了家的感觉。

我说自己是从别府绕过九重山来的,伯父他们吃了一惊。我一个人走过大山,住在温泉旅馆,他们大概觉得我是个坚强的女孩吧。虽然也有想看看山的原因,不过我还是犹豫过要不要到父亲的家里来。自从父亲去世后,母亲就和他们疏远了,也处在无法和父亲的亲戚们见面的境地。

伯父说:"你要是在船上发一封电报,我就去别府接你了……这里离别府很近的。"我虽然写了一封信说要来,不过我想,信寄到的时间还是没有电报快。

"弟弟走的时候你多大?"

"十岁。"

"十岁啊。"伯父重复了一遍,看着我说,"你和你母亲长得真像。虽然我不常见到你母亲,可一看到你就想起来了。不过有些地方和弟弟也挺像,是耳朵的形状吧,果然是太田家的耳朵。"

"我一看到伯父,就想起父亲了。"

"是吗?"

"我工作以后就不能出门旅行了,所以想着在那之前来看看您……"

我如今孤身一人,不希望伯父觉得我是来投奔他们的。我对伯父别无所求,伯父也没有来吊唁母亲。他从九州出发赶不上葬礼,而且母亲的葬礼是悄悄举行的……

您与母亲有联系，我只是为了与您告别，我才想来到父亲的故乡。我想逃出母亲疯狂的爱的旋涡，让自己对父亲的思念回归健康。可是当这座被岩山环绕的小城进入黄昏，我心中还是升起一股寂寞，仿佛败逃着躲进了隐秘的村庄。

今天早上，我在法华院稍稍睡了个懒觉。

"早上好。"旅馆里的人跟我打招呼，说孩子一大早就在楼下吵闹，问我是不是没睡好，可我什么都不知道。

眼神坚定的女孩也来侍奉我吃早饭，她坐在祖母身边，听说早晨从主屋和别馆之间的桥上掉到河里了。那座桥有十五尺高，幸运的是，她掉到了三块岩石的正中间，捡回了一条命。

被救上来后，她哭着说："木屐漂走啦，木屐漂走啦。"别人逗她说再掉下去一次试试，她说："没有衣服了，不要了。"

女孩子的和服晾在小河岸边的岩石上。是一件粗布深蓝底碎白花和服，还有一件绣着蝴蝶牡丹图案的红色棉坎肩。我看着晨光洒在红色棉坎肩上，感受到生命温暖的惠赠。她为什么那么巧，就掉进了三块岩石之间呢？三块岩石之间的缝隙那么小，只容得下一个小孩子。万一稍微偏一点儿，就算不死，说不定也要残废。孩子不知道危险也不知道恐惧，身体似乎哪儿也不疼，一副若无其事的样子。我觉得仿佛恰好掉进岩石缝里的是这个孩子，又不是这个孩子。

我没办法让母亲活下去，可是一想到让我活下去的某种东西，我就无比希望能为您祈求幸福。我想在人类屈辱和罪孽的岩石之间，或许有一处地方，就像救下这个落水的孩子一样，能够救下我吧。

我希望沾沾这孩子的幸运，于是在离开法华院时，摸了摸她头发浓密的娃娃头。

因为大船山的红叶太美了，于是我去坊鹤转了转。这是一块盆地，位于三俣山、大船山和平治岳之间。这里可以从和昨天相反的方向眺望三俣山。我一直走到了筑紫山岳会的马醉木小屋一带。一丛丛马醉木之间生长着一棵可爱的万年杉，高两三寸左右，有些像杉苔。我还发现了越橘和岩镜。大船山的红叶中嵌着一片黑色，似乎都是杜鹃花。还有一棵低矮的树，伸展到了六叠榻榻米大小。坊鹤也有很多雾岛杜鹃，这里的芒草又细又低，花穗的长度只有一寸左右。

听说今天早晨山顶的温度降到了零度，不过坊鹤阳光灿烂，红叶的色彩也让盆地变得暖和起来。

回到旅馆附近，我沿着白口岳和立中山之间的立岭下到了佐渡洼。这是一块佐渡岛形状的盆地，长着很多枯萎的刺儿菜。从佐渡洼走下锅破坡，来到朽网别，久住高原的风景在眼前展开。我穿过锅破坡的杂木丛，走下了石头小路，一路上只听见自己踩在树叶上的声音。

我一路上没有遇见行人，所以能够感受到独自踩在大自然上的脚步声。来到朽网别，左边清水山的红叶也到了最美的时候。这里应该能看到阿苏的五岳，可当时云雾缭绕，只能隐约看到祖母山和倾山的连绵山峰。不过久住高原是绵延二十公里的广阔草原，一直延伸到阿苏北边山脚下的远野波野原。从南边回望九重（或久住）的群山，同样笼罩在云雾之中。穿过能没过人身高的芒草，走过放牧场，我来到了久住町。

久住山的南登山口有一座寺庙遗址，名字很稀奇，叫猪鹿狼寺。无论是猪鹿狼寺还是法华院，都是拥有数百年历史的灵地。九重群山就是一片灵地，我仿佛穿过了灵地，真是太好了。

伯父的家人们都睡下了，我像在旅馆里一样独自醒着，信却不能一直写下去。

晚安。

写于竹田町，十月二十四日……

竹田町里，每当丰肥线的火车到站或者出发时，都会响起《荒城之月》的歌声。城里人说，泷廉太郎创作《荒城之月》的曲子时，心里想的是这座小城里的冈城遗址。据说泷廉太郎的父亲从明治二十年前后就来到附近担任郡长，他也上过竹田町的旧高等小学。少年恐怕也去遗址游玩过吧。

泷廉太郎死于明治三十六年，年仅二十五岁。算算年龄，我后年就二十五岁了。

"我想在二十五岁时死去。"我想起女校里的朋友说过的话。这话好像是朋友说的，又好像是我自己说的。

《荒城之月》的词作者土井晚翠今年也去世了，在我来这里之前不久，我们在竹田町的冈城遗址上举行了晚翠的追悼会，听说曲作家泷廉太郎和词作家晚翠曾在伦敦见过一面。在那遥远的过去，我的父亲尚且年幼，年轻诗人和音乐家在异乡的缘分是不是因为《荒城之月》，我不得而知。可是两个人留下了一首优美的歌曲，直到现在，《荒城之月》依然是人人都会唱的歌。那么，我与您见过一次之后，有没有留下什么呢？

我突然想到，留下像泷廉太郎那样的天才之子……然后被自己的想法吓了一跳。我之所以能想到这种做梦一般的事情，能像这样给您写信，或许都是因为今天在父亲的故乡安顿下来的缘故吧。可是您是否想过，女人心中这份不知是恐惧还是愉悦的悸动，为了可能发生的事，您心中是否曾经浮现出和我一样的不安？我自己都没有想到的悸动，让我感到自己是个女人。我甚至梦见自己瞒着您，独自一人将孩子养大。这种想法也是我幻想中的觉悟,仿佛是我作为母亲的女儿,将要走向的因果命运。我作为女人,只是因为这样就消瘦了。您是不是吃了一惊?可是这份不安并没有持续很久。

只不过是我在竹田站听到《荒城之月》后,想起了当时的悸动而已。

岩山绕四方,
竹田坐中央,
秋日流水响。

今天我打算在城里走走,走在能听见秋日潺潺流水声的桥上时,就听到一阵歌声,我被吸引着走向了车站。不知车站的什么地方在放唱片,昨天我没坐火车,而是从久住町坐汽车来的,所以没有发现。

小河就在车站面前,从车站回到桥上,歌声还在飘荡,于是我靠着栏杆站了许久,眺望河水。左岸的大岩石上立着一根柱子,一排茅舍伸向河川。我看见有女人在岩石边洗衣。车山后方,同样伫立着岩石山壁,一条细细的瀑布从岩石表面流下。岩石山上的叶子变红了,零星留着几片绿叶。

我一边思念您,一边漫步在父亲的故乡。父亲的故乡对我来说不再是陌生的小城。昨天傍晚到达时我并不了解它,今天早上一看,这座城当真很小。无论朝哪个方向走,都会撞到岩石山壁。我体会到"岩山绕四方"的感受。

昨天晚上，我看到伯父用的旅馆火柴盒上印着"山清水秀 竹田美人"，于是笑着说："像京都一样啊。"

于是伯父说："真的有竹田美人的说法。这里从很久以前开始就是游艺盛行的地方，弹琴、茶道之类的都有。水也干净，城里从房檐下流过的小水槽叫井出，你父亲小时候，早上就用井出里的水漱口洗茶杯。"

这座小城的人口不过一万左右，就有十几座寺院，近十间神社，称得上是小京都了。

"竹田美人也不在了。"伯父说。虽然伯父提到的都是古人和去东京的人，不过我走在城里时，觉得这里的女人都很漂亮。靠近郊外的洞门时，虽然岩山上的叶子都变红了，不过耸立在洞门对面出口处的岩石上的苔藓依然是绿油油的，我还看见一位穿着白毛衣的美丽小姐在那片绿色前走过。

小城正中间有一条商店街，铺着柏油马路，挂着零星几盏铃兰灯，不过只要拐进旁边的小路，眼前就变成了一座宁静的古城，很快就能走到岩石山壁前。石崖、白色仓库、黑木板围墙，还有倒塌的围墙，都让人觉得这是一座古老的小城，不过据说在明治十年的西南战争中，小城已经被彻底烧毁了。我回到伯父家提到小城时，伯母说："文子是不是把小城的角角落落都逛遍了？"

田能村竹田旧居、田伏宅遗址隐蔽的基督教礼拜堂、中川神社的圣地亚哥钟、广濑神社、冈城遗址、碧云寺等著名景点不到半天就能走遍。

在竹田町，有不少人现在依然将田能村竹田称为"竹田老师"。昨天我从久住前来这里的路，就是过去诸侯出行走过的路，竹田、广濑淡窗等不少丰后文人曾经在那条路上往返。赖山阳拜访竹田时，走的也是那条路。竹田的旧居里还留着他和山阳品尝煎茶的茶室。茶室与主屋间的庭院里，阳光洒在芭蕉发黄的叶子和枯叶上。梧桐树叶也泛黄了。主屋前还留着菜地，竹田曾经请山阳吃过那里的蔬菜。竹田纪念馆的画圣堂是一栋新建筑，里面也有茶席，我听说里面提供抹茶，还挂着竹田的南画作品。

隐蔽的基督教礼拜堂在竹田庄附近。听说是竹林深处的岩壁上凿出的，是一个相当宽敞的洞穴。圣地亚哥钟上有1612 SANTIAGO HOSPITAL[①]的字样。

竹田过去的城主是基督徒。

竹田庄的院子里有织布灯笼，向上走一小段路后右转，是竹田庄的石崖，古田织部的子孙就住在左边的宅子里，我走过那栋宅子时，心里怦怦直跳。传说古田织部的孩子来投奔竹田，一直住在这里。这里确实是上殿町，是随处可见旧

---

① SANTIAGO HOSPITAL：圣地亚哥医院。

日武家宅邸的小城。

我无法忘记,在圆觉寺的茶会上初次见面时,稻村雪子小姐点茶时说:"茶杯用哪个?"

近子师父说:"嗯,用织部的就挺好的。那是三谷先生的父亲喜欢用的茶杯,是他送给我的。"

在令尊持有之前,那茶杯是我亡父的东西,是我母亲送给令尊的。雪子小姐用那只黑织部茶杯点茶,让您喝了。为什么仅仅这件事,我就会抬不起头来呢?

母亲说她也想用那只茶杯……她喝下的是不是命运的毒?

我没想到来到父亲的故乡后,会清清楚楚地回忆起那次茶会。如果那只黑织部茶杯还在师父手里,请您拿回来,让它消失吧。请您把我也当作已经消失的人吧。

我已经看遍父亲的故乡,就要离开竹田町了。我之所以唠唠叨叨地写下这座小城,也是因为不会再来了,因为我想在父亲的故乡与您道别。虽然我不打算寄出这封信,就算寄出了,也是最后一封。

冈城遗址上只留下了石崖。不过险要的高地视野很好,晴朗的秋天能看见群山。祖母山、倾山,还有对面的九重山,大船山的山顶处笼罩着一层薄薄的白云。我来时走过的高原和山岭就在那里。我在高原的松树树荫下和芒草的波浪中不断思念您时，我想我已经能够与您告别了。如今再说告别的话未免显得太依依不舍，哪怕我已经从您身边消失，可女人却做不到决绝离开。请您原谅，晚安。

虽然我在旅途中的信里写了希望您与雪子小姐结婚，不过这是您的自由。我和母亲不会对您的自由和幸福造成任何妨碍，也不会去左右你的幸福。请绝对不要来找我。

六天的旅途中，我一直在写无聊的小事，女人真是啰唆啊。虽然我希望您能理解我要和您告别的心情，可语言是空虚的，我也希望您明白，女人只希望能留在您身边，这与现在的我却是相反的。我会从父亲的故乡重新出发。永别了。

菊治和雪子新婚旅行回来后读文子的信，与一年半之前读时，对文子的理解有了很大的不同。

可是他又说不清哪里不同，语言是空虚的吗？

菊治来到新家的院子里，点火烧掉了文子的信。这里称不上院子，不过是用粗糙的木板围起的一块狭窄空地而已。

信受潮了，不容易烧着。

菊治把信散开，不停地划着火柴。字的墨迹颜色渐渐变化，有的信纸烧成灰后还能看到文字的字迹。

"话语啊,都烧了吧。"

菊治将信一张一张地放在火焰上。

烧掉文子的话,烧掉这些信,究竟有什么用呢?菊治转过头避开烟。冬日的阳光斜斜地洒在木板围墙的角落。

"旅行怎么样?"突然,走廊上响起了栗本近子的声音,菊治不由得打了个寒战。

"怎么一声不响的。"

"怎么不回答我啊?人家说新婚的人会被小偷盯上呢。女仆还没来吗?暂时过过二人世界也许挺好的。雪子小姐把你照顾得不错吧?"

"你从哪儿听来的。"

"你说这房子的地址吗?蛇道是蛇钻的嘛。"

"你简直是条蛇。"菊治恨恨地说。

父亲死后,近子常会不打招呼就跑到菊治家来,如今她出现在这个家里,让菊治生出一股新的厌恶。

"不过,你可不能让雪子小姐大冷天的洗洗涮涮,我来照顾你们怎么样?"

菊治没有回头看她。

"你在烧什么?文子小姐的信吗?"

剩下的信摆在菊治的膝头,他蹲在地上,近子应该看不到。

"烧了文子小姐的信,很暖和吧?不错。"

"我都沦落到要住这么破的房子了,怎么能请你来,我拒绝。"

"我不会打扰到你们的。你和雪子小姐本来就是我牵线搭桥的,你不知道我多为你们开心。这样我也能放心了,所以只是想来照顾你们……"

菊治将残存的信纸塞进怀里,站起身来。

近子看了看菊治,站在走廊边上后退了一步:"哎呀?怎么摆出一副这么可怕的表情?我想着雪子小姐的行李还没收拾,想来帮个忙……"

"真是太关照了。"

"不是关照。我想侍奉你的心,你不明白吗?"

近子无精打采地耸起左肩,害怕似的喘了几下:"夫人回娘家了吧?菊治少爷怎么能把夫人留在娘家,自己这么快就回家来了呢?她会担心的。"

"你还去了雪子家吗?"

"我去祝贺,要是做得不对,我道歉。"因为近子在窥视菊治的表情,于是菊治压下愤怒说:"对了,那只黑织部茶杯还在吗?"

"令尊给我的那只吗?在呢。"

"在的话,我希望你能让给我。"

"好。"

近子神色迷惑,随即目光像是因为怨恨而变得冷漠,她说:"好。虽然令尊的东西我一辈子都不想放手,可既然是菊治少爷想要,今天也好,明天也罢……您还在研习茶道吗?"

"我希望你现在立刻拿来。"

"我明白了，烧完文子小姐的信后，用黑织部茶杯喝杯茶吧。"

近子垂下头，摆出要拨开些什么的样子离开了。

菊治又来到院子里，双手颤抖，连火柴都难以划着了。

新家庭

一

雪子是个生活起居充满生气的女人，不过菊治偶尔也见过她冲着钢琴发呆的样子。

钢琴在这个家里有些庞大了。

这架钢琴是和菊治建立了新关系的厂家制造的。菊治的父亲曾经是乐器公司的股东。当然，那家乐器公司也曾暂时被迫转为制造兵器。战后，乐器公司的一名技师起了自己设计制作钢琴的念头。因为父亲的关系，技师偶尔会来找菊治商量。菊治拿出了卖掉房子后得到的钱做了投资。

那家小工厂的试作品，有一台送到了菊治的新家。雪子的钢琴留给了娘家的妹妹。雪子的娘家不是不能给妹妹买一架新钢琴，所以菊治三番两次地对雪子说："要是这架钢琴不好，把之前那架拿来就好，不用在意我。"

因为菊治觉得雪子在钢琴面前发呆，或许是因为不喜欢。

雪子听了，似乎有些错愕："虽然我不太懂，不过调音师不是也夸了这架钢琴吗？"

其实菊治也明白，雪子发呆不是因为钢琴，而且雪子对钢琴既不热心也不擅长，还没到会挑挑拣拣的地步。

菊治说："我看见你坐在钢琴前发呆……看起来好像不喜欢这架钢琴。"

"不是钢琴的原因，是别的事。"雪子坦率地回答，本来应该继续说下去，却突然改变了话题，"你看到我发呆的样子了？什么时候看到的？"

大门边有一间典型的西式房间，无论从茶室还是二楼菊治的房间，都看不见放在里面的钢琴。

"我在自己家的时候吵吵嚷嚷的，没时间发呆，能发呆也挺难得的。"

菊治想到了雪子热热闹闹的娘家，双亲和兄弟姐妹都在，还经常有客人出入。

"可是我之前见到你，反而觉得你话不多呢。"

"是吗？我话可多了。只要和母亲妹妹在一起，就没有不说话的时候，三个人中肯定有人在说话。不过说不定在我们三个人里，我是最能说的那个。我觉得母亲在客人面前话太多，就不开口了。听着母亲那些应酬的话，你也会觉得厌烦吧？要是一直跟在母亲身边，说不定我会变成一个沉默寡言、态度冷淡的女孩。妹妹倒是常常配合母亲……"

"令堂希望把你嫁给更富裕的人家吧。"

"是啊。"雪子坦率地点了点头,"我到这里之后,说的话还不到在家里时的十分之一呢。"

"因为白天只有一个人吧?"

"就算你在,我也不能像点着了似的唠叨吧。"

"出去散步的话,你会说很多话吧。"菊治边说,边想起两人晚上在城里散步时,雪子仿佛忘记了当时的寒冷,开心得不停说着话,靠近自己主动拉起了自己的手。离开家之后,雪子会感到解放吗?

"虽然我现在不会一个人出门了,不过在娘家的时候,出门回家后,我就会把外面发生的事一一告诉母亲,然后还会跟父亲再说一遍。"

"父亲一定也很高兴吧?"

雪子盯着菊治看了一会,然后点了点头:"有时候我跟父亲说,母亲就会再听一遍,在旁边咯咯直笑。"

菊治直到现在依然无法理解,雪子为什么会离开那么温暖的爱,来到菊治身边,坐在这样简陋的茶室里。

过上二人世界后,菊治才发现雪子的睫毛里长着一颗小小的浅色黑痣。菊治还发现雪子的牙齿很美,仿佛在闪闪发光。接吻时,他也会被那排牙齿的清纯击中。

菊治抱着吻技越来越熟练的雪子,泪水突然夺眶而出。因为两人的接触还停留在接吻阶段,所以在菊治心里,雪子是无比贵重可人的女人。

可是对于接触停留在接吻这件事，雪子似乎并不像菊治那样懊恼和焦虑。雪子不会对结婚一无所知，可是她回应着菊治，仿佛对她来说，接吻和拥抱就是足够新颖的惊异之举，是足够的爱了。

菊治有时也会重新考虑，这样的新婚生活是不自然、不健康的吧，甚至连自己都感到痛苦。

就连雪子从蔬菜店买回来的白萝卜和水菜，菜的绿色和白色在菊治眼中都是新鲜的。就算只有这些，难道不是幸福吗？在旧宅和老女仆一起生活时，菊治从来没有注意过厨房的蔬菜。

"你一个人住在那么大的房子里，不会寂寞吗？"搬来这里不久，雪子曾问过菊治，她问得很坦率，哪怕时间如此短暂，她却已经可以回顾菊治的过去来安慰他了。

早上睁开眼睛，如果雪子没有躺在身边，菊治就会突然觉得寂寞。雪子早上要准备早餐，整理房间，当然会早起，可是菊治如果能在睁开眼睛时看到雪子睡在旁边，就会觉得无比温馨，因此他甚至会努力比雪子早起。如果雪子不在旁边的床上，菊治甚至会感到微微的不安。

一天傍晚，菊治一回来就说："雪子，你用Prince Machabelli的香水吗？"

"哎呀，怎么了？"

"是谈钢琴生意见到的一位女客人说的。有的人鼻子真灵啊。"

"味道怎么会沾到你身上啊？"雪子闻了闻接过的外套，像是突然想起来了一样，"我把香水瓶放在洋装衣橱了啊，我都忘了。"

二

二月末，连下了三天的雨在黄昏前停了，可是在薄云低垂的周日，一抹若隐若现的粉红色在天空扩散开时，栗本近子抱着黑织布茶杯来了。

"给，我拿来了值得纪念的茶杯。"近子说着，从双层箱子里取出茶杯，放在双手的掌心里仔细端详，然后把茶杯放在菊治的膝前。

"刚好就要到用它的时候了，茶杯上是蕨菜的图案……"

菊治甚至没有拿起茶杯，只是说："我都忘了这事，你倒是拿过来了。我当时说的是当天拿来，结果你没来，我以为你不会来了。"

"这是早春时节用的茶杯，就算我在冬天给您送来也没有用嘛。而且要我放手，还是会觉得可惜，难以割舍，不过……"

雪子来为两人沏了粗茶。

"夫人，这可不敢当。"近子夸张地说，"夫人，你们没有女仆，就这样过冬的吗？真是辛苦了。"

"因为我们想暂时过一段二人世界。"

雪子回答得很明确，菊治吃了一惊。

"佩服佩服。"近子自顾自地点了点头，"夫人，您还记得这只织部茶杯吗？印象深刻吧。作为我的贺礼，它再适合不过了……"

雪子疑惑地看着菊治。

"夫人也请到火盆边坐下吧。"近子说。

"好。"

雪子走到菊治身边,挨着他的胳膊坐下来。菊治忍住不由自主的笑意对近子说:"你要送我,会让我为难的。卖给我吧。"

"这可不行。我再怎么落魄,也不能将令尊送给我的东西卖给菊治少爷啊,您想想看……"近子直截了当地说,"夫人,我好久没看过夫人点茶了,像夫人这样坦率高雅的点茶,再也没有第二个小姐能做到。您在圆觉寺的茶会上用这只织布茶杯为菊治少爷点茶,那情景仿佛就在眼前。"

雪子没有接话。

"要是您能用这只织部茶杯再为菊治少爷奉上一杯茶,我把它送来也就有价值了。"

"可是,我们家没有茶具。"雪子低着头回答。

"啊,请不要这样说……只要有圆筒竹刷就能点茶了。"

"好。"

"请珍惜这只织部茶杯。"

"好。"

近子偷偷看着菊治的表情:"您说什么茶具都没有,不过您还留着水壶吧,那只志野陶水壶?"

"那是花瓶。"菊治急忙说。

水壶是太田夫人的遗物,菊治当然没有卖掉,带到了这个家里来。他把水壶放在壁橱里，似乎已经忘记了，现在被近子突然指出来，把菊治吓了一跳。

这让菊治明白了，近子对太田夫人的憎恶依然在延续。

雪子把近子送出大门。

近子在门口抬头看着天空说："城市的灯火仿佛映在东京的整个天空上啊……天要暖和起来了。"说着，她耸起一边肩膀离开了。

雪子坐在大门口说："满口夫人夫人的，她是故意的吧？真讨厌。"

"是很讨厌，希望她不要再来了。"

菊治在门口站了一会儿。

"可是，城市的灯火仿佛映在东京的整个天空上，这话说得真好。"雪子走下楼梯打开大门眺望天空，就在她转身想要关门时，见菊治也盯着天空，于是犹豫了片刻。

"可以关门吗？"

"嗯。"

"真的暖和起来了啊。"

回到茶室，织部茶杯就放在外面。雪子等着菊治收起它，可菊治却说要去城里走走。

两人一路走到了高台住宅区。在没有人的地方，雪子主动牵起了菊治的手。雪子似乎是想用手来安慰菊治，可是冬天用了太多冰水的缘故，让她的掌心变得粗硬。

"那只茶杯不是收下的，是买来的吧？"雪子突然说。

"嗯，要卖掉的。"

"就是啊，她是来卖的吧。"

"不，我要卖给古董店，把卖掉的钱给栗本就好。"

"啊，你要卖掉吗？"

"她在圆觉寺的茶席上拿出那只茶杯时，你也听到了吧？刚才栗本也说了，是我老爸给她的茶杯。在老爸拿到之前，那只茶杯是太田家的藏品，因为茶杯有这段因缘……"

"可是我不在乎这些啊。既然是好茶杯，你留着就好。"

"确实是好茶杯，可就是因为是一只好茶杯，就算是为了它自己，也应该交给合适的古董店，让它在我们面前消失才好。"

菊治情不自禁地说出了文子信中的话语，"消失"，从栗本近子手里取回茶杯，也是听从了文子信里的内容。

"那只茶杯有属于它的伟大使命，让它离开我们存在下去吧。不过这个我们里不包括雪子……那只茶杯本身是强大而美丽的，不会让不健康的妄执纠缠，是曾经拥有茶杯的我们的记忆不堪入目，带着邪念看待它。虽然我用的是我们，但最多五六个人而已。从古到今，不知道有几百个正直的人珍惜着那只茶杯，将它保存至今。那只茶杯已经有四百年历史了，太田先生、老爸和栗本拥有它的时间，以茶杯的寿命来看不过须臾，如浮云飘过时的影子而已。只要把它交给健康的主人就好，只要在我死后，那只织部茶杯还能在别人身边保持美丽就可以了。"

"是吗？既然你这样想，不要卖掉不是更好吗？我不在乎的。"

"我不是舍不得放手,我对茶杯一向不会执着。我希望洗净我们在那只茶杯上留下的污秽。让栗本拿着的话,我心里也不舒服。她会像在圆觉寺的时候那样拿出来用的,茶杯不能被人类丑恶的因缘所束缚。"

"听你的意思,茶杯比人更了不起呢。"

"或许就是这样。我不太懂茶杯,不过既然是有慧眼的人传承了几百年的东西,就不是我可以随便打碎的了。还是让它从我们身边消失吧。"

"就算把它留下,作为寄托着我们回忆的茶杯,我也不会介意的。"雪子用清亮的声音重复了一遍。

"我还不明白现在的情况,可是看着那只茶杯变得越来越好,不也是件好事吗……不要在意从前嘛。如果卖掉了,以后想起来不会觉得寂寞吗?"

"不会的,那只茶杯的命运就是离开我们,不知去向。"

把命运这个词用在茶杯上,菊治不由得想起了文子,心口被狠狠刺痛。

两人走了一个半小时才回到家。

雪子打算将火盆里的火移到被炉里时,双手轻轻包住了菊治的手,似乎是想让菊治感受自己左右两只手的温度不同。

"要不要尝尝栗本老师送来的点心?"

"不要。"

"是吗?除了点心,她还送了浓茶,说是从京都送来的……"雪子毫不在意地说。

菊治起身把包着织部茶杯的包袱皮收进壁橱,打算把放在壁橱深处的志野陶水壶一起卖掉。

雪子用面霜擦脸,摘下头发上的卡子准备睡觉。她解开头发,一边梳头一边捧起脑后的头发说:"我也把头发剪短怎么样?可以吗?露出后脖颈还挺不好意思的。"

似乎是因为口红不好卸,雪子靠近镜子微微张开嘴唇,用纱布擦过后仔细端详。

在黑暗中彼此温暖时,菊治陷入了沉思,不知道什么时候才能亵渎这份神圣的憧憬。可是,最纯洁的东西不会被任何事物玷污,所以才会宽恕一切。这种事不可能发生吗?他自顾自地想到了救赎。

雪子睡着后,菊治抽出她颈下胳膊,离开雪子的体温让他无比寂寞。一股如同心脏被啃食的懊悔在旁边冰冷的床铺上等待着他。他想,果然还是不该结婚啊。

连续两天,黄昏的空中都弥漫着淡淡一层粉色。

在回程的电车上,菊治看着新建成的大楼窗户透出千篇一律的白光,心想不知那是什么,应该是荧光灯吧。房间全都点着灯,仿佛展现出新建筑的喜悦。大楼的斜上方挂着一轮即将满月的月亮。

等菊治到家时，空中的粉色渐渐落下，仿佛被吸引到日落的方向，变成了晚霞。

来到房间转角处，菊治生出一丝不安，伸手摸了摸外套的内袋，确认支票还在。

他看见雪子从邻居家的大门出来，小跑着来到自家门前的背影。雪子没发现菊治。

"雪子，雪子。"

雪子从门里走出来，红着脸说："欢迎回来，你刚才看到了？邻居告诉我，妹妹打来了电话……"

"嗯？"

菊治想，从什么时候开始，邻居会转达电话了呢？

"今天傍晚的天空和昨天一样呢，天气比昨天晴朗，很暖和。"雪子抬头仰望天空。

换衣服的时候，菊治取出支票放在碗柜上。

雪子低着头，一边整理菊治脱下的衣服一边说："我妹妹打电话说，昨天是星期天，她本来想和父亲一起过来……"

"来我们家？"

"是啊。"

"来就好了嘛。"菊治若无其事地说。

雪子正在刷裤子，停下动作，用阻止般的语气说："你说来就好了……我之前还寄了信。"

菊治觉得奇怪，差点儿问出为什么，然后突然意识到，因为两人还没有成为真正的夫妻，所以雪子害怕父亲会来。

可雪子又立刻抬头看着菊治说："父亲是想来的，希望我们请他一次。"

菊治仿佛没办法直视雪子明亮的眼睛，他回答道："就算我们不请，他也可以来，不是吗？"

"毕竟是女儿嫁去的地方……不过似乎也不是这样。"雪子的语气倒是很开朗。

菊治是不是比雪子更害怕她父亲的到来呢？在听了雪子的话之前，菊治没有意识到，自己从结婚以后，还没有邀请过雪子的父母和兄弟姐妹，可以说他几乎忘记了雪子娘家的亲人。他和雪子的结合就是如此异常。或者说因为两人没有结合，他才无法想到雪子之外的任何事。

只是，与太田夫人和文子的回忆始终像虚幻的蝴蝶一样萦绕在脑海中，让菊治变得无力。菊治觉得仿佛大脑中昏暗的深处有蝴蝶在飞舞。那似乎不是太田夫人的幽灵，而是菊治悔恨的化身。

可是雪子写信让父亲不要来，这让菊治充分领悟到了雪子内心深处的悲伤和困惑。雪子在没有女仆的情况下过冬，就连栗本近子都觉得奇怪，这件事果然是因为她害怕女仆探出夫妻间的秘密吧。

尽管如此，在菊治眼里，雪子大多数情况下还是明丽开朗的，只想着努力照顾菊治。

"那封信是什么时候寄出去的？就是你说不希望父亲来的那封……"菊治试探地问了一句。

"嗯，正月里寄出去的，初七以后吧？正月里我们不是一起回老家了吗？"

"那是初三。"

"在那之后又过了四五天吧。正月初二的时候父母都有客人，忙忙碌碌的，妹妹一个人来给我们拜的年吧。"

"对，还说希望我们明天去横滨。"菊治也想起来了，"可是你希望他们不要来，这样不妥当吧？要不然下个星期天请他们过来？"

"好，父亲会高兴的，他一定会带妹妹来。父亲会觉得一个人来不好意思吧？我也觉得妹妹在最好，真奇怪。"

有妹妹在的话，雪子也会轻松吧。雪子一定希望父亲尽量不要看到自己和菊治这段称不上婚姻的婚姻。

雪子好像准备好了洗澡水，菊治走到小浴室，听到她试水温的声音。

"要在吃饭前洗澡吗？"

"就这样办吧。"

菊治洗澡的时候，雪子在玻璃门外说："碗柜上的支票要怎么办？"

"啊，那个，那是卖掉织部茶杯的钱，必须给栗本。"

"那只茶杯这么贵吗？"

"不，里面还有那只水壶的钱，是给我们的。"

"我们家的有多少？"

"一半左右吧。"

"一半也是一笔不少的钱啊。"

"是啊，干什么用呢？"

雪子也知道织部茶杯的事，昨天晚上散步时还说起过。不过她完全不知道志野陶水壶的故事。

雪子站在浴室玻璃门外说："不要花掉，拿来买股票怎么样？"

"股票？"菊治很意外。

"那个……"雪子打开玻璃门进来，"父亲给过我和妹妹一笔钱，相当于支票上一半的一半，让我们去挣钱，我们交给了常来家里的股票经纪人，买了稳健的股票，要是跌了就不卖，等它涨了再买别的，钱一点点变多了。"

"嗯。"菊治仿佛看到了雪子家的家风。

"我和妹妹每天都会看报纸上的股票版。"

"你现在还持有股票吗？"

"是的。不过因为交给了股票经纪人打理，我自己不看……要是跌了就不卖，所以不会亏的。"雪子单纯地说。

"那这笔钱也交给雪子的股票经纪人打理吧。"菊治笑着看向雪子。雪子系着白围裙，穿着红色的毛线袜。

"你也进来暖暖身子吧。"

雪子的眼神中带上了美丽的羞涩说："我要去准备晚饭了。"然后轻巧地离开了。

四

那一周的周六已经进入三月。

因为父亲和妹妹明天要来,雪子吃完晚饭后独自去城里购物,回来时还抱着水果和花。她打扫厨房打扫到深夜,然后坐在梳妆台前许久,一直在摆弄头发。她自言自语地说:"今天啊,我特别想把头发剪短,你之前不是说了嘛,剪了也好。可是我觉得不能吓到父亲……虽然让人家整了整,不过我不喜欢,总觉得有些奇怪。"

上床后,雪子还是静不下心来。菊治觉得有些嫉妒,父亲和妹妹要来,就让她这么开心吗?他不由得意识到,雪子是寂寞了。他温柔地抱过雪子说:"你的手好凉。"

菊治把雪子的手放在自己胸前,用一条胳膊搂住雪子的脖子,另一只手从她的袖口伸到肩膀处抚摸着。

"说些什么吧。"雪子动了动头,露出嘴唇。

"好痒啊。"菊治拨开雪子的头发,整理到她的脑后,"你想让我说些什么,你还记得吗?这话你在伊豆山也说过。"

"不记得了。"

菊治忘不了。当时他在深沉的黑暗中闭上颤抖的眼皮,想起文子,想起太田夫人,心中充满邪念,想借由这份妄想得到面对雪子的纯洁的力量。明天,雪子的父亲要来,所以菊治再次想起太田夫人充满女人味的波涛,心想或许今天会成为界限,可他只觉得雪子越发清纯。

"雪子,你说些什么吧。"

"我没什么要说的。"

"明天见到父亲,你打算说什么?"

"和父亲说的话到时候再想就好。父亲只是想来我们家看看,只要看到我们幸福生活的样子就够了。"

菊治没有动,雪子把脸靠近他的胸膛,然后就不动了。

第二天早上十点以后,雪子的父亲和妹妹来了。雪子忙忙碌碌地转着干活,和妹妹两个人有说有笑。众人开始吃时间较早的午饭时,栗本近子来了。

"有客人啊,我只要见见菊治少爷就好。"菊治听见她在门口跟雪子说话,起身走了过去。

近子连珠炮似的发问:"你把那只织部茶杯卖掉了吗?你从我这儿拿过去是要卖吗?既然如此,把钱送给我是什么意思呢?我本来想马上前来拜访的,可是想到菊治少爷只有周日在家,心里急得不行。虽说晚上也可以来……"

近子从手提袋里拿出菊治的信。

"这个还给你,里面的钱没有动过,您点点……"

"不,我希望你如数收下。"菊治说。

"我怎么能收这笔钱呢?这是分手费吗?"

"别开玩笑。我没理由给你分手费。"

"是啊,就算是分手费,用卖掉那只织部茶杯得来的钱当分手费,也挺奇怪的。"

"因为那是你的茶杯，所以卖掉的钱要给你。"

"我把它送给你了。这是菊治少爷想要的，也是你结婚的美好纪念，虽然对我来说那是令尊的遗物……"

"你不能当作用那个价格卖给我了吗？"

"我不能这样想。我之前也拒绝过，我再怎么落魄，也不能把令尊送给我的东西卖给菊治少爷啊。而且你是卖给古董店的吧？如果我一定要收下这笔钱，我就要用这笔钱把它从古董店里买回来。"

菊治想，要是没有老老实实地写上这是卖给古董店的钱就好了。

"好了，请进来吧……我父亲和妹妹从横滨过来，没关系的。"雪子和气地说。

"是令尊吗？那我来得正好，可以见见他。"近子突然温和地放松了肩膀，自顾自地点了点头。

"因为那是你的茶杯，所以卖掉的钱要给你。"

"我把它送给你了。这是菊治少爷想要的，也是你结婚的美好纪念，虽然对我来说那是令尊的遗物……"

"你不能当作用那个价格卖给我了吗？"

"我不能这样想。我之前也拒绝过，我再怎么落魄，也不能把令尊送给我的东西卖给菊治少爷啊。而且你是卖给古董店的吧？如果我一定要收下这笔钱，我就要用这笔钱把它从古董店里买回来。"

菊治想，要是没有老老实实地写上这是卖给古董店的钱就好了。

"好了，请进来吧……我父亲和妹妹从横滨过来，没关系的。"雪子和气地说。

"是令尊吗？那我来得正好，可以见见他。"近子突然温和地放松了肩膀，自顾自地点了点头。